Vielen Dank an meine Testleser und alle
die mich bei diesem Buchprojekt bestärkt
und mit ihren Ideen weitergebracht haben.

Patric Egger

Glänzende Schatten

Bibliografische Information der Deutschen Nationalbibliothek:
Die Deutsche Nationalbibliothek verzeichnet diese Publikation in der Deutschen Nationalbibliografie; detaillierte bibliografische Daten sind im Internet über http://dnb.dnb.de abrufbar.

© 2015 Patric Egger

Herstellung und Verlag: BoD – Books on Demand, Norderstedt

ISBN: 978-3-7357-2049-8

Inhalt

Alexanders Geschichte..7
Thorstens Geschichte..28
Alexanders Plan..42
Thorstens Aufstieg..46
Alexanders Tauchgang..57
Thorstens letzte Fahrt..76
Alexanders Absturz...84
Die Verbindung zweier Welten................................108

Alle beschriebenen Ereignisse beruhen rein auf der Phantasie des Autors und entsprechen nicht der Wirklichkeit.

Alexanders Geschichte...

Da saß er nun. Den Neopren bis an die Hüften angezogen, der Oberkörper frei. Ein letztes in-sich-gehen bevor der Tauchgang seines Lebens beginnen wird. Sollte das Unterfangen glücken, stünden ihm alle Türen in dieser Welt offen. Noch ein Blick auf das Familienfoto das seine Frau und seine zwei Kinder zeigte.

Sein Leben war bisher eigentlich ganz gut verlaufen. Er konnte sich nicht beklagen. Er war zwar nicht besonders erfolgreich, im Sinne einer dieser Management-Haie zu sein, die ohne auch nur einen Finger zu rühren Boni in Millionenhöhe einstreichen. Doch schaffte er es durch sein ehrlich verdientes und hart erarbeitetes Einkommen eine vierköpfige Familie zu ernähren, ohne dass seine Frau arbeiten musste.

Mit fünfzehn begann er eine Lehre als Bürokaufmann. Mit zwanzig bekam er einen Job in einem großen Versicherungsbüro. Zu Beginn war er dort eine Nummer, nur ein Hilfsarbeiter. Doch durch seinen Fleiß und viele Überstunden begann er sich in der Firma hochzuarbeiten. Nach und nach erarbeitete er sich einen guten Ruf bei seinen Kollegen, denn sein Wesen war sehr einladend, und sein Fleiß kaum zu überbieten. Er war immer zu allen freundlich und hilfsbereit. Jemand der einfach nie Nein sagen konnte. Und mit der Zeit konnte er auch die Lorbeeren für seine harte Arbeit ernten; zuerst Projektleiter, dann Abteilungsleiter. Seit zwei Jahren ist er nun Assistent der Geschäftsleitung. Seine Arbeitszeit kann er sich frei einteilen, was ihm seine Frau und seine Kinder natürlich danken.

Seine Frau: Sein Ruhepol, seine Tankstelle. Sie lernten sich auf dem Abschlussball einer seiner Freunde kennen, und waren sofort unzertrennlich. Liebe auf den ersten Blick. Er war neunzehn, sie achtzehn. Zwei Jahre später heirateten sie, auch wenn ihre Eltern dagegen waren. Sie Beide wussten, dass sie füreinander bestimmt waren.

Sie unterstützte ihn in all seinen Plänen und Vorhaben. Sie jammerte auch nie wenn er wieder bis zehn Uhr im Büro war, und die Wochenenden hinterm Computer verbrachte. Sie hatte immer gewusst, dass er es einmal zu etwas bringen würde. Jetzt war es soweit. Er hatte die Chance seines Lebens erhalten. Natürlich hatte sie Angst und war nervös, wahrscheinlich noch mehr als er selber, doch auch dabei unterstützte sie ihn - wenn auch nicht von Anfang an.

Sie dachte ja auch an ihre gemeinsamen Kinder, Max und Anna. Max, für den sein Vater alles ist - wie könnte er nur ohne seinen Papa groß werden. Und Anna, die Kleine mit ihren blonden Locken und den paar Sommersprossen, die sie von ihrer Mutter geerbt hatte. In einer Woche würde sie mit der Schule anfangen, und natürlich wünscht sie sich, dass Papa sie am ersten Tag mit ihrer Schultüte sehen wird.

Während ihm die Gischt vom Wasser immer wieder ins Gesicht weht, denkt er nach über all die freudigen Erlebnisse der Vergangenheit. Wie er Maria am Abschlussball kennenlernte und sich beim Tanzen sofort in ihre etwas ungeschickten Bewegungen und ihr herzliches Lachen verliebte. Wie sie ihn dann kurze Zeit später ihren Eltern vorstellen wollte, die ihn von Beginn an nicht mochten, da er nicht studieren wollte. Ein einfacher Bürolehrling, das kommt für unsere Tochter nie infrage. Wie würde er denn eine Familie ernähren wollen, mit dem bisschen Gehalt. Sie müsste einmal einen Arzt oder Anwalt heiraten. Trotz dieser einfältigen Ansicht ihrer Eltern blieb sie bei Alexander, und Alexander bei ihr. Mittlerweile, da er Assistent der Geschäftsleitung ist, ist er auch für ihre Eltern gut genug. Ihr Vater hat sogar alle seine Versicherungen bei ihm abgeschlossen, in der Hoffnung ein paar Prozente Familienrabatt zu erhalten.

Die größten Highlights waren natürlich die Geburten ihrer zwei Kinder. Er kann sich noch an jeden Moment erinnern. An das Durchschneiden der Nabelschnur, den ersten Schrei und das erste mal als er seine Kinder im Arm hielt.

Die ersten Versuche von Max Fahrrad zu fahren, und die Freude von Anna über ihre erste Puppe. Die Teeparties die er mit seiner Tochter immer feiern durfte, und das Reifenwechseln mit seinem Sohn.

Alle diese Dinge kommen ihm jetzt immer wieder in den Sinn; und gerade als er beginnt seine Entscheidung zu überdenken, wird er angerempelt und hört von seinem Kollegen die Worte: "Hey Alex, nicht träumen, zieh dich fertig an, in zwei Minuten sind wir da!"

Die Leidenschaft fürs Wasser hatte er schon als Kind, doch bekam er nie die Möglichkeit einen Tauchkurs zu machen. Zuerst fehlte das Geld, dann die Zeit. Und doch, die Faszination Wasser ließ ihn nie ganz los.

Er erinnert sich an seinen ersten Urlaub am Meer, Italien, nördliche Adriaküste. Nicht gerade ein Paradies für Taucher und Schnorchler. Doch bekam er damals von seinem Vater eine Taucherbrille, einen Schnorchel und ein Paar Flossen. Von einer Profiausrüstung war natürlich keine Rede. Aber er war kaum aus dem Wasser zu bekommen. Stundenlang schnorchelte er nach Steinen und Muscheln; fasziniert schaute er hinter jeden Felsen und in jede noch so kleine Höhle. Viel zu sehen gab es natürlich nicht in der sandigen Adria, und doch war er glücklich unter Wasser. Und den ein oder anderen Minifisch erspähte er dann doch. All sein Gesehenes teilte er dann den restlichen Tag begeistert mit seinen Eltern, die schon manchmal schnauften, gab es doch kaum mehr ein anderes Gesprächsthema als Wasser, Muscheln, Steine und Fische.

Mit der Zeit änderten sich die Urlaubsziele. Von zwei Wochen Jesolo eher auf Kultur- und Städtereisen. Die Möglichkeiten das Wasser von unten zu sehen schwanden, und doch, die Faszination Wasser blieb.

Und dann, an diesen Moment seiner eigentlich unbeschwerten Kindheit erinnert er sich noch ganz genau, an jede einzelne Sekunde wie es scheint.

Eines Tages, es war ein Mittwoch, kam er deprimiert von der Schule nach Hause. Ein Mathematik-Test, das Ergebnis bekam er an diesem Tag. Mathe war noch nie seine Stärke. Seine Eltern akzeptierten auch irgendwann, dass er nie Mathematik-Professor werden würde. Sie erwarteten aber, dass er immer sein Bestes gibt und fleißig lernt. Das tat er auch. Trotzdem war das Ergebnis mehr schlecht als recht. Seine Eltern rechneten schon mit solch einem Ergebnis - sie waren aber nie böse auf ihn, wenn er sich vorher angestrengt hat. So auch dieses Mal. Trotz aller noch so fleißigen Bemühungen, blieb das Ergebnis unter aller Kritik.

Jedenfalls kam er nach Hause. Sein Vater war an diesem Tag auch schon mittags zu Hause. Nachdem er also seinen Eltern das unschöne

Ergebnis präsentierte meinte sein Vater, dass er etwas hätte was ihn aufmuntern würde. "Komm mal mit in dein Zimmer." So die hoffnungsweckenden Worte seines Vaters.

In seinem Zimmer fand er etwas verändert. An der Wand, an der vorher der Schreibtisch stand, fand er eine Art Kommode stehen, und darauf ein rechteckiges Etwas, das von einem Blauen Tuch bedeckt war. "Na los, zieh's schon runter und schau nach was darunter ist!"

Er zog das Tuch ab und konnte seinen Augen kaum trauen. Jeglicher Kummer des vorangegangenen Testes war wie in Luft aufgelöst. Nun hatte er ein eigenes Aquarium, mitten in seinem Zimmer. Vor Freude stiegen ihm die Tränen in die Augen. Das Aquarium war zwar nicht besonders groß, aber wunderschön arrangiert. Mit vielen Fischen, die in unterschiedlichsten Farben leuchteten. Pflanzen, und Dekorationsmaterial unter dem sie sich versteckten.

"Aber du musst dich gut drum kümmern!" mahnte der Vater, und überreichte ihm dazu noch ein Buch über Aquaristik, dass Alex in einem Nu durchlas.

Er verbrachte Stunden, nein Tage vor seinem Aquarium. Kümmerte sich um die Fische, und arrangierte die kleinen Dekorsteine und Höhlen immer wieder um.

Er verspürte sie wieder: die Liebe zum Wasser, und das stärker als jemals zuvor.

Dieses Aquarium besitzt er heute noch. Die Fische von damals sind zwar andere, aber sein Aquarium, sein liebstes Hobby, hat er immer noch.

Und genau diese Liebe zur Unterwasserwelt veranlasste ihn eines Tages sein hart erspartes Lehrlingsgehalt zu investieren, in einen Tauchkurs. Genau das hat er sich immer gewünscht. Einen längeren Zeitraum mitten drin, bei seinen Fischen zu verbringen.

Er erwies sich als äußerst talentiert im Umgang mit der Flasche und den ganzen Ventilen, und so folgte ein Tauchgang dem nächsten. Zuerst in seiner näheren Umgebung in den verschiedenen

Seen, dann immer weiter fast bis ans Ende der Welt. Fast alle Meere des Planeten wurden von ihm schon betaucht. Kaum ein Ort, kaum eine Tiefe in die er sich nicht hintraute.

Waren es zuerst die Fische die seine Lust aufs Tauchen weckten, so hat er nun ein neues Ziel. Wracktauchen. Je tiefer, und je exotischer desto besser. Versunkene Kriegsschiffe, abgestürzte Flugzeuge, nichts war vor ihm sicher.

Und genau diese Freude an den Wracks, und die Sucht nach der Tiefe wird ihn eines Tages vor eine der schwersten Entscheidungen seines Lebens stellen.

Als Alex und seine Tauchfreunde eines Tages, nach einem anstrengenden Tauchtag zusammensitzen, beginnen sie Geschichten zu erzählen. Dabei versuchen sie sich natürlich gegenseitig zu überbieten. Wer hat das größte Schiff gesehen, wer den wertvollsten Fund.

Da zog einer der Tauchkollegen einen Internet Artikel hervor, der ein versunkenes Nazi-Kriegsschiff vor der Küste Teneriffas vermuten lässt. Die vielversprechende Überschrift lautete: "Verschollener Nazi-Schatz im Atlantik vermutet!" Der Text beinhaltete den Artikel eines Geschichtsprofessors, der Hitlers Privatvermögen in diesem Schiff vermutete. Möglicherweise wollte er sein Vermögen in Sicherheit bringen bevor die Alliierten es in die Finger bekämen. Alte, wertvolle Münzen, Gold, Tafelsilber, wasserdicht verpacktes Bargeld - Schätzwert zirka 20 Millionen Reichsmark. Heutiger Wert in etwa 90 Millionen Euro. Einen Beweis für dessen Existenz gäbe es aber nicht. Nachdem sie den Artikel durchgelesen hatten, diskutierten sie noch kurz darüber was man mit 90 Millionen Euro alles anfangen könnte. Es blieb aber bei einer Träumerei. Zumindest am Anfang.

Alex ging seinen Tagesbeschäftigungen nach. Arbeit, Zeit mit seinen Kindern zu verbringen, und Tauchen. Doch kam ihm immer wieder, und auch immer öfter dieser Artikel in den Sinn. Er versuchte die Gedanken aber immer wieder zu verdrängen, doch sie kamen immer und immer wieder in kürzer werdenden Abständen.

Verschiedenste Szenarien gingen ihm durch den Kopf. Finanzielle Unabhängigkeit, Schuldenfreiheit, Ehre und Ruhm - immerhin hätte er Hitlers Privatvermögen gefunden.

Der rechtschaffene Alexander, der es immer allen recht machen wollte, er wollte nun ausbrechen aus seiner Welt, nach den Sternen greifen.

Immer und immer wieder las er diesen und noch andere Artikel im Internet die sich mit dem Thema beschäftigen, und so wuchs der Wunsch auf die Suche nach diesem Schiff zu gehen von Tag zu Tag.

Warum hat bis jetzt noch Niemand versucht zu dem Schiff zu tauchen?

Hielt die Tiefe andere Taucher davon ab?

Oder doch die Tatsache, dass es keine definitiven Beweise für dessen Existenz gab?

Eines Tages verlieh er dann doch seinen Gedanken Ausdruck, und unterhielt sich noch mal mit einem seiner Tauchkollegen über das alte versunkene Nazi-Schiff.

Ben, er war einer seiner besten Freunde. Sie ergänzten sich perfekt, sowohl über als auch unter Wasser. War er an Land der Spaßmacher, und zu jeder Schandtat bereit, war er doch unter Wasser eher der Sicherheitstyp. Nie lotete er seine Grenzen ganz aus. Lieber tauchte er zehn Minuten früher auf, als dass er wartete bis sein Luftvorrat in den roten Bereich kam. Irgendwie schreckte ihn dieses Unterfangen ab, doch Alexander versuchte krampfhaft ihn davon zu überzeugen, hatte er innerlich schon entschieden. Und irgendwann ließ sich Ben dann doch weich klopfen, denn er konnte Alex ja nicht alleine gehen lassen. Doch nur zu Zweit ein altes Schiff zu suchen ist ein unmögliches Unterfangen, und so trommelten sie noch ein paar Leute zusammen die ihnen Hilfe leisteten.

Insgesamt waren es dann acht Personen die sich an dieser Aktion beteiligen wollten.

Bis zu diesem Zeitpunkt hatte Alex' Frau noch keine Ahnung von dem Vorhaben ihres Mannes. Doch irgendwann musste er beichten.

An einem schönen Frühlingstag ging er mit Maria spazieren. Einen romantischen Waldspaziergang hatte er geplant, um seiner geliebten Frau von seinem Unterfangen zu berichten.

Er atmete schwer, sein Herz schlug ihm bis in den Hals. Er war kaum in der Lage einen klaren Gedanken zu fassen. Seine Hände waren schweißnass, seine Knie weich.

Wie würde sie reagieren?

Würde sie ihn verlassen? Denn wirklich glücklich war sie nie mit seinen abenteuerlichen Tauchausflügen in die tiefsten Tiefen.

Natürlich würde sie versuchen es ihm auszureden. Nach etwas zu suchen, dass möglicherweise gar nicht existiert.

"Mein Hase, du weißt dass ich dich über alles liebe, und nie etwas tun würde um dich zu verletzen..." begann er seine Worte. Sie stoppte, der Schreck stand ihr ins Gesicht. Ihr gingen zig Gedanken durch den Kopf. Hat er sie betrogen? Ist er in kriminelle Geschäfte verwickelt? Auch sie wurde sichtlich nervös und drängte ihn mit der Sprache herauszurücken.

"Ich habe einen Artikel gelesen, dass es im Atlantik, vor der Küste Teneriffas ein versunkenes Nazi-Kriegsschiff geben soll..." "Und dort willst du natürlich hintauchen!" unterbrach sie ihn sofort, denn nun hatte sie das Ziel des Gespräches erkannt. Er bejahte, erwähnte das Vermögen, dass in dem Schiff liegen könnte. Doch musste er auch die negativen Seiten erwähnen; dass man nicht weiß ob das Schiff überhaupt existiere, dass noch nie Jemand es gewagt hat sich auf die Suche danach zu machen. Sie setzten sich auf eine Bank und führten noch ein langes Gespräch über dieses Unterfangen. Innerlich wusste sie, dass es nicht gut ausgehen würde. Inwiefern wusste sie nicht, aber sie spürte einen Knoten im Magen bei diesen Gedanken.

Doch wie konnte sie ihm sein Vorhaben ausreden, denn er war fest davon überzeugt und begeistert.

Die kommenden Nächte tat sie kaum ein Auge zu. Die unterschiedlichsten Dinge gingen ihr durch den Kopf. Sie wollte ihm sein Unternehmen ausreden, aber sie wusste nicht wie, und so begann sie sich langsam, aber unwillig damit abzufinden.

Er indes, konnte kaum mehr an etwas anderes denken als diesen Tauchgang, und gemeinsam in der Gruppe planten sie diesen akribisch bis ins letzte Detail.

Doch irgendwie war das gar nicht so einfach, ohne genaue Angaben, und so beschlossen sie den Autor des Artikels ausfindig zu machen, und sich von ihm Hilfe zu erbitten.

Die Suche gestaltete sich etwas schwirig, denn mehr als einen Namen hatten sie nicht. Und dass der Artikel schon ein paar Jahre alt war, machte die

Suche nicht gerade einfacher. Aber mit etwas Anstrengung und einem Tipp der Redaktion fanden sie ihn dann doch, und schrieben ihm einen Brief, denn eine E-Mail schien zu unpersönlich.

Keine zwei Wochen später lag auch schon die Antwortsendung im Postkasten von Alex mit einer Einladung für alle acht Teilnehmer der Expedition. Sie machten sich also auf, und nach zirka zwei Stunden Autofahrt erreichten sie ihr Ziel, das Haus des Geschichtsprofessors, der sie offensichtlich schon erwartete.

"Euer Anliegen habt ihr mit ja schon im Brief mitgeteilt, aber warum glaubt ihr dass ich euch helfen werde?" meinte er in strengem Ton. "Glaubt ihr wirklich, dass ihr die Ersten seid die mit dieser Bitte zu mir kommen? Nach der Veröffentlichung des Artikels, konnte ich mich vor Anfragen kaum mehr retten. Nach einiger Zeit wurde es aber ruhig, da bekannt wurde, dass ich nicht bereit bin zu helfen".

Ein Gefühl der Traurigkeit, aber auch des Ärgers machte sich in der Gruppe breit. "Warum lassen Sie uns den weiten Weg kommen, wenn Sie uns sowieso nicht helfen wollen?" frage Alex erregt.

"Ich habe nicht gesagt, dass ich EUCH nicht helfe..." erwiderte der strenge Herr, und die Minen der Freunde begannen sich wieder etwas zu entspannen. Und langsam begann sich sowohl die Situation, als auch der Ausdruck des Professors zum Guten zu wenden.

Er sicherte ihnen Hilfe zu, allerdings wollte er eingebunden werden. Teil der Expedition. Und natürlich wollte er auch einen Teil der Belohnung.

So begannen sie also das Unterfangen zu planen. Mit allen Details, bis ins Letzte. Sie dachten über das geeignetste Boot nach, den Zeitpunkt, die Tageszeit. Darüber wie man die spanischen Behörden davon überzeugen könnte, denn einfach so ins Wasser springen und einen Nazi-Schatz suchen, würde sicher nicht funktionieren. Alle diese Dinge wurden über mehrere Stunden geplant.

Plötzlich schoss es aus einem der Tauchpartner heraus: "Sie haben geschrieben, dass man weder den genauen Platz kennt, noch sicher sein kann ob das Schiff tatsächlich existierte! Wir planen stundenlang herum, ohne zu wissen, ob es diesen Kahn tatsächlich gab!" Die Anderen horchten auf. "Natürlich weiß ich wo der "Kahn" liegt, aber denken sie nicht, dass wenn ich den genauen Ort geschrieben hätte, sich nicht sofort Tausende Hobby-Schatzsucher auf den Weg danach gemacht hätten, und dieses wertvolle Geschichtserbe zerstört würde?" Diese Aussage verlangte eigentlich keine weiteren Fragen mehr. Selbstverständlich, und ohne weitere Zweifel planten sie weiter.

Bis spät in die Nacht hinein arbeiten sie am perfekten Konzept, die Zeit völlig vergessend.

Erst irgendwann nach Mitternacht schoss es Alex in den Sinn, dass er morgen ja zur Arbeit müsse. So machten sie sich auf den Weg nach Hause, denn über zwei Stunden Autofahrt lagen ja auch noch vor ihnen.

Als er nach Hause kam und die Tür des Schlafzimmers öffnete graute bereits der Morgen. Seine Frau aber lag immer noch wach. Sie konnte keine Minute lag schlafen bei dem Gedanken, dass ihr geliebter Mann gerade etwas plant, dass wenn es schief geht, er mit dem Leben bezahlen müsste. Und dieser Gedanke ließ sie nicht zur Ruhe kommen.

Er legte sich ins Bett und versuchte noch zwei, drei Stunden Schlaf zu bekommen.

Am nächsten morgen beim Frühstück wechselten sie kaum ein Wort miteinander. Sie brachte es nicht fertig nach dem Plan zu fragen. Das spürte er. Und so versuchte er seinen Enthusiasmus in Zaum zu halten. Trotzdem konnte er den ganzen Tag über an nichts anderes denken. Immer wieder hatte er Geistesblitze die er natürlich sofort notierte um sie dem Professor und seinen Kollegen mitzuteilen.

So vergingen fast drei Wochen. Maria sprach nicht mehr als das Nötigste mit Alexander. Sie brachte es nicht über das Herz, spürte sie doch innerlich, dass die Reise Unglück bringen würde. Natürlich bemerkte ihr Mann die Ablehnung seiner Frau, und so wurde er immer stiller, teilte seine Gedanken nicht mehr mit ihr, da sie sich sowieso zu 90 % um den bevorstehenden Tauchgang drehten.

Nach beinahe drei Wochen des Schweigens, stellte sie dann doch irgendwann die Frage "Und wie schaut euer Tauchgang nun genau aus?". Alexander erschrak schon fast, hatte er doch nicht damit gerechnet, dass seine Frau sich noch irgendwie dafür interessieren würde.

In seinem Kopf noch die Gedanken sortierend, begann er ausführlich von dem geplanten Abenteuer zu berichten:

Thorstens Geschichte...

Da saß er nun. Auf der Brücke des Schiffes, das ihm seinen Durchbruch hätte bringen sollen. Sein Blick war leer, seine Gedanken kreisten ungeordnet durch seinen Kopf.

Noch ein letztes mal ließ er, im sicheren Angesicht des Todes, sein Leben revue passieren. Er dachte zurück an die Zeit, in der er ein Nichts war, ohne Familie oder Zukunft; nicht wissend ob er die kommende Nacht überleben würde.

Auf einem Stück Pappkarton mitten in einer Gosse der Hansestadt Hamburg saß er. Er versuchte die vorübergehenden Passanten um ein wenig Kleingeld anzubetteln, um wenigstens eine kleine Mahlzeit kaufen zu können.

Während er die ignoranten Passanten beobachtete, dachte er über sein bisheriges Leben nach.

Was hatte er erreicht?

Er war jetzt anfang Zwanzig, hatte weder eine Schulausbildung, noch eine Arbeitsstelle.

Seine Eltern, die immer so viel Geduld mit ihm hatten, gaben letztlich auf, und verwiesen ihn des Heims.

Nicht einmal die Lehre beim Freund seines Vaters hatte er geschafft. Kein Jahr hatte er durchgehalten.

Sein Vater, ein angesehener Arzt, schämte sich, dass sein Sohn nicht einmal eine einfache Handwerkerlehre zu Ende brachte.

Lange schon hatte er den Gedanken aufgegeben, dass sein Sohn in seine Fußstapfen treten, und eine Hochschulbildung erfolgreich absolvieren würde.

Dennoch hatte er die Hoffnung nie aufgegeben, dass sein Sohn wenigstens eine Arbeit hatte, mit der er einmal eine Familie ernähren konnte.

So bat er seinen alten Freund, den Schmied, ob sein Sohn nicht eine Lehre bei ihm machen könnte.

Der Schmied zögerte etwas, wusste er doch dass Thorsten schon in der Schule nicht gerade durch Eifer glänzte.

Doch er gab den Bitten des Vaters nach, und stellte den jungen Mann als Lehrling bei ihm sein.

Zu beginn schien Thorsten auch noch ganz freudig bei der Sache, doch mit der Zeit wurde er immer unkonzentrierter bei der Arbeit. Lieber beobachtete er die großen Frachtschiffe am nahegelegenen Hafen, anstatt den Schmiedehammer zu schwingen.

Immer und immer wieder versuchte der Meister den abgelenkten Lehrling zu motivieren. Ob mit Strenge, oder mit Freundlichkeit, mit Lob oder Tadel, nichts schien ihn zur Arbeit zu motivieren.

Und so kam es eines Tages zum Unausweichlichen. Thorsten wurde entlassen.

Nicht einmal ein Jahr hatte er durchgehalten.

Als er seinen Eltern erzählte, dass er seine Arbeit verloren hatte, jagte ihn der Vater mit Schimpf und Schande aus dem Haus.

Was würden denn die Leute denken; so viele Jahre hatten seine Eltern Geduld bewiesen, aber jetzt war auch diese erschöpft.

Der junge Mann landete auf der Straße.

Zuerst versuchte er noch einige Male nach Hause zurückzukehren, doch sein Vater zeigte ihm immer die kalte Schulter.

Und so wurden auch seine Versuche ins Elternhaus zurückzukommen immer seltener.

Das Leben auf der Straße war hart. Die Regeln streng. Er war in der Hierarchie ganz unten.

Immer wieder passierte es, wenn er grade etwas Geld zusammen gespart hatte, dass er zusammengeschlagen und ausgeraubt wurde.

So begann er es mit der Zeit zu lernen wie er sich behaupten konnte.

Seine Gefühle und sein Gewissen stumpten nach und nach ab.

Regelmäßig holte er sich von den Schwächeren was er wollte. Er tat anderen genau das an, was ihm einige Zeit zuvor noch selbst die Tränen in die Augen trieb.

Er sah Leid und Elend auf den Straßen. Krankheit und Tod waren sein stäniger Nachbar.

Die Härte die er selber im Leben erfahren hatte, gab er jetzt anderen weiter.

Zumindest hatte er immer etwas zu essen, und manchmal blieb noch genug Geld übrig um seine fleischlichen Lüste bei einer der vielen Straßendirnen zu befriedigen.

Jedoch hatte er keine wahren Freunde, niemanden der ihn wirklich liebte. Nur die Frauen die taten was er wollte, wenn das Geld stimmte.

Plötzlich wurde er durch eine Stimme aus seinen Gedanken gerissen.

"Du siehst aus als könntest du eine Beschäftigung gebrauchen. Möchtest du nicht in der Armee für Gott, Kaiser und Vaterland dienen?"

Die Stimme klang irgendwie befremdlich für ihn.

Etwas unbekanntes lag darin. Er war es nicht gewohnt, dass ihn jemand freundlich ansprach.

Normalerweise beachteten ihn die Leute kaum, und nicht selten wechselten sie sogar die Straßenseite wenn sie sein ungepflegtes Äußeres wahrnahmen.

Überrascht von der ihm entgegengebrachten Freundlichkeit, schüttelte er nur den Kopf und zog davon.

Doch musste er immer wieder an die Worte des fremden, aber freundlichen Mannes denken.

Vielleicht könnte er in der Armee auf einem Schiff sein, dachte er bei sich.

Schiffe hatten nämlich schon immer einen großen Reiz auf Thorsten.

Seit er sich erinnern konnte, stand er jeden Tag vor dem Haus, und konnte Stunden damit verbringen die großen und die kleinen Schiffe zu beobachten.

Als er darüber nachdachte, auf einem der großen Schiffe zu arbeiten, hatte er ein Leuchten in den Augen wie schon viele Jahre nicht mehr. Denn auch wenn er nach Außen einen harten Mann gab, war er im Inneren doch sanft und hatte ein gutes Herz.

Er verwarf den Gedanken wieder bei den Schiffen zu sein. Oft genug hatte man ihm ja gesagt, dass er es niemals zu etwas bringen würde. Seine Lehrer, seine Ausbildner, und auch seine Eltern meinten, dass er irgendwann auf der Straße landen würde.

Sie hatten recht.

Thorsten hatte Tränen in den Augen. Einen Moment lang verspürte er richtiges Glück. Doch die vielen negativen Äußerungen von anderen machten dieses Glück sofort wieder zunichte.

Er besorgte sich von dem bisschen Geld dass er heute erbettelt hatte, anstatt etwas zu essen, eine Flasche des billigsten Schnapses und trank sich damit in den Schlaf.

Als er nächsten Morgen erwachte, umgab ihn bereits reges Treiben. Er war wohl mitten am Hauptplatz eingeschlafen.

Müde und von starken Kopfschmerzen geplagt, zog er sich in eine ruhigere Ecke zurück.

Immer wieder musste er an die Worte des fremden Mannes denken, doch in der Armee zu dienen. Und so schnell ihm die Worte in den Sinn kamen, verdrängte er sie auch wieder. Er wusste ja, dass er es zu Nichts bringen würde.

Als er wieder eines Tages die Leute um ihn herum beobachtete, versuchte er darauf zu kommen, warum er eigentlich in dieser Situation gelandet war. Warum hatte er es zu Nichts gebracht?

Er dachte an die Schulzeit. Die Rechenaufgaben konnte er niemals lösen. Außer wenn es darin um Schiffe ging.

An eine Aufgabe erinnerte er sich noch genau:

"Wenn ein Schiff von Hamburg nach New York mit einer Geschwindigkeit von 35 Knoten die Stunde 8 Tage braucht, wie lange brächte es mit der eineinhalb-fachen Geschwindigkeit?"

Diese Aufgabe konnte Thorsten innerhalb kürzester Zeit lösen.

Aber andere Aufgaben schaffte er nicht.

Er wusste von allen großen Schiffen der damaligen Zeit die Namen, jedoch bei einem einfachen Diktat, machte er Fehler in Worten, in denen man eigentlich keine machen kann.

Er überlegte weiter, kam zu der Zeit als sein Vater ihm den Vorschlag machte doch zu studieren, und später seine Arztpraxis zu übernehmen.

Ihm graute vor dem Gedanken, doch sein Vater ließ nicht locker.

In regelmäßigen Abständen versuchte der Vater seinem Sohn ein Hochschulstudium schmackhaft zu machen, doch Thorsten biss nicht an. Nicht weil er seinen Vater enttäuschen wollte, er konnte es sich einfach nicht vorstellen als Arzt oder auch Anwalt, wie sein Vater als Ersatz vorgeschlagen hatte, zu arbeiten.

Bei seinen drei Lehrstellen die er begann, war es nicht viel besser.

Immer ging er mit einem Widerwillen an die Arbeit, was sich natürlich auf die Qualität niederschlug.

Das einzige das ihn immer faszinierte war die Seefahrt.

Nur traute er sich nicht von seinem Traum zu erzählen, denn seine Eltern hatten die Seeleute immer als rauhes Pack bezeichnet. Und so schwieg er.

Niemals hatte er einer Tätigkeit nachgehen können die ihm Spaß bereitet hätte; vielleicht hatte er aus diesem Grund im Leben so versagt.

Je mehr Puzzleteile er aus seinem Leben zusammenfügte, desto stärker wurde der Wunsch, doch der Einladung des fremden Mannes zu folgen.

Wie sollte er aber den Unbekannten finden, von dem er nicht einmal einen Namen wusste.

Und überhaupt, hätte er durch diesen Mann die Möglichkeit auf einem Schiff zu sein?

Als er den Entschluss fasste der Armee beizutreten, was das auch immer für ihn hieß, war sein erster Weg direkt an den Hafen.

Als er sich dem riesigen Komplex näherte, wurde er immer nervöser. Eigentlich wusste er gar nicht genau was er tat. Doch es war diese neugierige Scheu die ihn weiter vorantrieb.

Ein hysterisches Rütteln weckte ihn aus seinen Gedanken.

"Kapitän, was sollen wir tun. Wir sinken weiter unaufhaltsam!"

Kapitän Thorsten gab in ruhigem Ton seinen letzten Befehl als Schiffskapitän: "Wer es schafft sich zu retten möge dies tun. Ich als Kapitän bleibe am Schiff. Heil Hitler."

Thorsten nahm die Aufregung um ihn herum nicht mehr wahr.

Er setzte sich, und dachte mit einem Lächeln im Gesicht wieder an jenen schicksalhaften Tag, als er sich entschloss zum Hafen zu gehen, und einen neuen Lebensweg zu beschreiten.

Schüchtern, fast schon ängstlich vesteckte er sich hinter einer der Hafenmauern.

War er einen Moment vorher noch fest entschlossen sich im Hafen nach der Armee zu erkundigen, so verließ in jetzt der Mut.

Er verharrte eine zeitlang wie versteinert hinter seiner Mauer.

"Hey Junge, was suchst du?". Thorsten zuckte zusammen. Eine Gruppe Männer, offensichtlich Seeleute, hatten ihn bemerkt und angesprochen.

Seine Knie schlotterten ihm, er brachte kaum einen Ton hervor.

Auf der Straße wusste er wie er sich behaupten musste, doch im Angesicht der Zivilisation musste er kapitulieren.

Er stammelte heraus, dass er zur Armee möchte.

Die Männer verlachten ihn nur; er könne ja kaum sprechen, was würde er bei der Armee wollen.

Dieser Angriff auf sein Selbstbewusstsein ließ ihn fast einknicken.

Traurig wandte er sich um, wollte schon wieder zurück in die Gosse kriechen, als ihn eine freundliche, vetraut klingende Stimme ansprach.

Es war der Herr, der ihn schon einige Tage zuvor angesprochen hatte, und sein Interesse für die Armee weckte.

Thorstens Augen funkelten. Konnte sein Traum doch noch wahr werden?

Der fremde Herr bemerkte die Anspannung bei Thorsten, stellte sich mit angenehmer Stimme vor und lud ihn ein doch mitzukommen. In der Kaserne könnte er sich erst einmal waschen, rasieren und würde frische Kleidung bekommen. Danach sollte er erst einmal etwas Vernünftiges essen, sich ausschlafen und nächsten Tag würden sie sich über den Dienst in der Armee unterhalten.

Thorsten folgte dem Mann freudig in die nahegelegene Kaserne, wo er sich kultivierte, und nach einer warmen Mahlzeit das weiche Bett genoss.

Nächsten Morgen dann kam der fremde Mann wie angekündigt zurück, und klärte Thorsten über den Dienst in der Armee aus.

Er erklärte ihm auch die verschiedenen Zweige in denen er dienen könnte.

Thorsten interessierte sich natürlich nur für die Seefahrt, und so begann er am 15.Juli 1913 seinen Dienst bei der Deutschen Marine.

Sein Leben war bisher auf der Schattenseite verlaufen, doch das sollte sich ändern.

Alexanders Plan...

"Also, es sind im Gesamten vier Tauchgänge nötig, das Ganze werden wir wahrscheinlich an zwei Tagen durchziehen - zwei Tauchgänge pro Tag. Machen werden sie Ben und Ich. Toni steuert das Schiff. Michael kümmert sich um unsere Ausrüstung und die Pressluft-Flaschen. Christian ist unser Arzt und kümmert sich um unsere Gesundheit. Martin ist für die Verpflegung zuständig und achtet darauf, dass wir genug zu Trinken und zu Essen an Bord haben. Heinrich unterstützt Toni bei der Navigation und Robert steuert den Kran mit dem wir dann den Schatz heben werden. Und natürlich der Professor, der die gesamte Leitung übernimmt und unser Abenteuer zum Erfolg machen wird.

Am ersten Tag werden wir einen Erkundungstauchgang durchführen, das heißt, schauen wo genau das Schiff liegt, wie die

Gegebenheiten, Licht, Temperatur, Bewuchs und so weiter, sind. Dabei schauen wir auch genau wie tief wir müssen, um später genug Luft dabei zu haben.

Dabei werden wir aber nicht in das Innere des Schiffes tauchen sondern uns nur von Außen ein Bild machen.

Nachmittags des ersten Tages machen wir den zweiten Gang. Da wir ja jetzt schon wissen was uns dort unten erwartet, werden wir diesmal ins Schiff hineintauchen und nach den Schätzen absuchen, und sie so markieren, dass wir sie auch nachher noch finden.

Am nächsten Tag nehmen wir schon weitere Flaschen mit nach unten, die wir dann sorgfältig am Schiff deponieren, um später genug Zeit zu haben alles was am Schiff ist auszuräumen.

Und dann nachmittags wird es soweit sein. Der planmäßig letzte Tauchgang. Robert wird auch die Box die sich am Kran befindet hinablassen, und wir können dann in aller Ruhe die Box beladen, da wir ja genug Luft noch unten haben. Wir steigen langsam auf, und werden den bedeutendsten

Schatz der Neuzeit in Händen halten. Das Privatvermögen von Adolf Hitler.

Damit wir nicht zu viel Stickstoff im Blut ansammeln, werden wir zwischen den Tauchgängen immer reinen Sauerstoff inhalieren, und Christian wird uns auch jedes Mal durchchecken. Wir wollen ja kein zusätzliches Risiko eingehen!", so erzählte er ausführlich noch jedes so kleine Detail, während seine Frau nur da saß, still zuhörte und hin und wieder nickte.

Auch wenn Alex noch so sehr versuchte die positiven Seiten hervorzuheben, so war ihr doch immer noch mulmig bei dem Gedanken, dass ihr Mann auf die Suche nach dem Nazi-Schatz geht.

"Wer bekommt dann eigentlich das ganze Zeug?" frage Maria zwischendurch.

"Nun" meinte Alex, "das haben wir auch schon festgelegt, sogar schriftlich. Die Wertgegenstände werden zwischen Deutschland und Spanien aufgeteilt und an Museen übergeben, die sich um die Restauration und Ausstellung kümmern. Das Bargeld geht an die deutsche Nationalbank, wird dort verwahrt, und wahrscheinlich später vernichtet. Und wir bekommen als Belohnung zehn Prozent des Gesamtwertes, also in etwa neun Millionen Euro, die wir uns dann aufteilen."

So schön der Gedanke auch war bald im Geld zu schwimmen, die Begeisterung hielt sich bei Maria trotzdem nach wie vor in Grenzen.

Die Vorbereitungen liefen über ein halbes Jahr hinweg. Oft fuhren Alex und seine Freunde die zweieinhalb Stunden zum Professor um die Details zu klären.

Sie mussten sich beeilen, denn die Freunde wollten das Unterfangen unbedingt noch im Frühjahr durchziehen, da das Wasser zu dieser Zeit noch etwas kühler und daher auch klarer ist.

Thorstens Aufstieg...

Thorsten lernte schnell. Jetzt hatte er etwas gefunden was er gut konnte.

Schnell stieg er in der Hierarchie der Marine auf. Jedes Schiff auf dem er diente kannte er wie seine Westentasche, und jede Aufgabe erfüllte er sofort und immer zur vollsten Zufriedenheit seiner Vorgesetzten. Er hatte sogar die Befehlsgewalt über eine Gruppe von anderen Soldaten.

Und auch wenn er auf verschiedenen Kampfschiffen seinen Dienst versah, dachte er nie daran, dass es wirklich einmal zu einem Krieg kommen sollte.

Das änderte sich schnell als der österreichische Thronfolger in Sarajevo ermordet wurde, und kurz darauf der erste Weltkrieg ausbrach.

Zu dieser Zeit wusste allerdings noch Niemand welche Ausmaße die Kriegserklärung Österreichs annehmen würde.

Der Krieg weitete sich zum bis dato größten Konflikt der Weltgeschichte aus, und schien doch kein so schnelles Ende zu nehmen wie manche vielleicht gedacht hatten.

Thorsten wurde auf jeder Art von Schiff zu jeder Art von Dienst eingeteilt. Selbst unter dem großen Druck des Krieges meisterte er alle Aufgaben pefekt.

Eines Tages geschah dann etwas, das seiner jugendlichen Euphorie einen Dämpfer verpasste.

Thorsten wussten zwar, dass er offiziell im Krieg war, doch hatte er diesen nie hautnah miterlebt.

Keine Kämpfe, keine Toten; nichts das ihm zeigte wie grausam der Krieg eigentlich war.

Doch das sollte sich ändern. Thorsten war gerade in der Nordesee stationiert. Sein Schiff hatte gemeinsam mit fünf Anderen die Aufgabe die Seegrenzen Deutschlands zu bewachen.

Draußen war es dunkelste Nacht. Die See war unruhig.

Thorsten hatte seinen Dienst gerade beendet, und wollte schlafen gehen.

Kurz bevor er seine Kajüte erreichte bebte das Schiff. Thorsten stolperte und viel nach vorne.

Stille.

Unbekannte Stimmen. Thorsten öffnete langsam seine Augen, nahm nur Umrisse wahr. Sein Kopf schmerzte ihn. Als sich seine Augen langsam an das Licht gewöhnten, konnte er seine Umbebung etwas besser wahrnehmen.

Um ihn herum lagen viele offensichtlich verwundete Soldaten und wurden ärztlich versorgt.

Eine in weiß gekleidete Frau kam auf ihn zu und fragte ihn freundlich wie es ihm ginge.

Thorsten wollte wissen wo er war.

Die Frau meinte er sei in einem Lazarett. Er hatte sich am Kopf verwundet, und war einige Zeit ohne Bewusstsein. Die Frau ging wieder um nach anderen Verwundeten zu sehen.

Er blickte um und fand einen seiner Kameraden neben ihm liegen.

Antwortsuchend wandte er ihm sein Gesicht zu.

Der Kamerad vertand die Mimik seines Gegenübers richtig und begann mit erschöpfter Stimme zu erzählen:

"Wir waren gerade dabei Kurs Richtung Heimat zu nehmen. Plötzlich ertönten Sirenen am Schiff.

Angriffsalarm. Feindliche U-Boote hatten das Feuer auf unsere Einheit eröffnet.

Die ersten der Torpedos gingen daneben. Doch schnell wurde ein Schiff durch die feindlichen Geschosse getroffen. Leider so unglücklich, dass es zu einer Explosion kam. Niemand der Besatzung überlebte den Angriff.

Auch unser Schiff wurde getroffen. Aber nicht so schlimm wie Andere.

Beim Aufprall des Torpedos wurde unser Schiff so durchgeschüttelt, dass du gestürzt und mit dem Kopf aufgeschlagen bist.

Reglos bliebst du liegen. Ich dachte zuerst du wärst tot. Ich bemerkte dann aber dann, dass du noch atmest.

Ich zog dich in eines der Rettungsboote, und wir konnten so dem feindlichen Angriff knapp entkommen.

Leider verloren knapp zweihundert Soldaten ihr Leben."

Thorsten konnte die Tragweite der Erzählungen kaum fassen.

"Du hast mir das Leben gerettet. Ich weiß nicht wie ich dir danken kann"

"Wir sind Kameraden, das gehört zu unserer Berufung", hauchte er leise.

Als Thorsten weitere Einzelheiten des Geschehenen wissen wollte, bemerkte er erst die Stille die ihm engegenschlug.

Sein Retter antwortete nicht mehr. Er starrte nur mehr mit leeren Augen in seine Richtung.

Er war gestorben.

Ein weiteres Opfer des Krieges. Tränen rollten über Thorstens Gesicht. Sein Gegenüber war selber so schwer verwundet worden, dass er dem hohen Blutverlust erlag.

Thorsten strich ihm über das Gesicht um seine Lider zu schließen und ihm die letzte Ehre zu erweisen.

Voller Trauer wandte er sich ab. Zum ersten mal hatte er mitbekommen was Krieg eigentlich bedeutet.

Er spürte eine Verbindung zu dem jungen Mann der sein Leben rettete, auch wenn er ihn kaum kannte. Und jetzt wurde ihm diese Verbindung einfach und skrupellos genommen.

Mit der hässlichen Fratze des Krieges im Kopf sank er langsam in einen traumlosen, unruhigen Schlaf.

Obwohl sich Thorsten schnell von seiner Verletzung erholte, konnte er nie den Mann vergessen, der ihn rettete, und dabei sein eigenes Leben verlor.

Oft noch, auch Jahre später, träumte er immer wieder von diesem Tag, und schoss schweißnass aus dem Bett.

Den weiteren Verlauf des Krieges hatte Thorsten nur mehr am Rande mitbekommen.

Als Kriegsverwundeter wurde er in den Reservedienst gestellt, und musste nicht mehr an die Front einrücken.

Als 1918 der Krieg endete, war Throsten wieder völlig genesen.

Einfache Routineaufgaben gehörten zu seinen täglichen Arbeiten. Er hatte kaum etwas mit der Marine zu tun, wenn er auch seinen Sold von dort bezog. Meistens arbeitete er auf Kreuzfahrt- oder Frachtschiffen.

Er liebte seine Arbeit. Endlich spürte er eine Erfüllung im Leben, die er bis dahin nie gekannt hatte. Einmal hatte er auch seinen Eltern einen Brief geschrieben, und ihnen mitgeteilt, dass er jetzt einen anständigen Beruf hatte. Doch sie antworteten nie. Wenn ihn das auch traurig stimmte, so war er doch froh eine Arbeit zu haben, die ihn glücklich machte.

Im Jahr 1923 geschah ein weiteres, einschneidendes Erlebnis für Thorsten.

Er kam grade von einer langen Fahrt aus Übersee zurück, wollte eigentlich nur noch nach Hause in sein weiches Bett. Da sah er am Marine-Stützpunkt einen Aushang, dass in einem Monat ein Aufnahmetest zur Ausbildung als Schiffskapitän stattfinden sollte.

Thorsten war so aufgeregt wie lange nicht mehr. Seine Hände zitterten bei dem Gedanken, dass er einmal eines seiner geliebten Schiffe selber steuern konnte.

Würde er bestehen? Wenn Ja, stünden ihm alle Türen der Welt offen.

Thorsten hatte Angst. Zu oft war ihm im Leben schon gesagt worden, dass er es zu nichts bringen würde. Er fühlte sich innerlich gespalten. Zum einen wollte er, mehr als alles andere, Kapitän werden, zum anderen hatte er Angst zu versagen.

"Wenn das einer schafft, dann Du!", riss ihn eine Stimme aus seinen Gedanken. Thorsten wandte sich um und sah in die freundlichen Augen seines Offiziers. Dieser hatte ihn in den letzten Jahren schon oft motiviert, und es geschafft, dass Thorsten selbstbewusst an eine Sacher heranging.

Thorsten nickte. Sein Entschluss Kapitän zu werden stand fest.

Den Aufnahmetest und auch die eigentliche Ausbildung schaffte er mit links. Er war der beste Absolvent aller Zeiten.

Es erfüllte ihn mit Stolz, endlich sein Ziel Kapitän zu sein, erreicht zu haben.

Natürlich konnte er nicht sofort allein ein großes Schiff steuern. Aber er arbeitete sich in der

Hierarchie schnell nach oben, und wurde bald zum ersten Offizier befördert.

Es war nur noch ein kleiner Schritt in Richtung eigenverantwortlicher Kapitän, und auch diesen meisterte er dann ohne Probleme.

Er bekam immer mehr Verantwortung; immer mehr Personen hatte er unter sich. Er legte eine Bilderbuch-Karriere hin.

Auch wenn er immer noch bei der Marine angestellt war, hatte seine Arbeit nichts mit Krieg oder der Armee zu tun.

Dies änderte sich jedoch als im Jahr 1933 die Nazionalsozialisten unter Adolf Hitler die Führung in Deutschland übernahmen.

Hitler rüstete sein Heer, und natürlich auch die Marine auf.

Als einer der angesehensten Kapitäne innerhalb der Marine wurde Throsten sogar einmal zum Führer persönlich eingeladen.

Er mochte Hitler zwar nicht besonders, doch ließ er sich das natürlich in seiner Position nie anmerken.

Umgekehrt war das schon anders. Hitler hielt große Stücke auf Thorsten, und beauftragte ihn immer wieder persönlich mit speziellen Aufgaben, für die er natürlich auch dementsprechend entlohnt wurde.

Thorsten erledigte diese Aufgaben auch immer gerne, denn er hatte ja, wie so viele andere, keine Ahnung welche Gräueltaten die Nazis im Hintergrund vollbrachten.

Und als linientreuer Marine-Kapitän stieg er auch in dieser Organisation immer weiter nach oben.

Thorsten mangelte es an Nichts. Immer wieder kamen ihm zwar die Gedanken an früher, doch er freute sich nun, dass er es aus dem Schatten heraus, auf die glänzende Seite des Lebens geschafft hatte.

Alexanders Tauchgang...

Irgendwann Anfang April war es dann soweit, die Reise nach Teneriffa begann.

Vom Flughafen in Santa Cruz ging es noch zirka eine Stunde an die Westküste Teneriffas. Dort bezogen sie ihr Hotel.

Nachdem sie sich zwei Tage akklimatisiert hatten, machten Alexander und sein Tauchpartner Ben einen Gewöhnungstauchgang vom Land aus, um die Temperatur und die Sicht fürs Erste abzuklären.

Nächsten Tag früh morgens um 06.00 Uhr war es dann soweit. Die gecharterte Yacht lief vom Hafen aus gen Westen, und die neun Freunde starteten ihr größtes Abenteuer. Alle saßen sie still am Deck. Im Inneren mischte sich die Aufregung mit der Angst, zugleich auch mit Vorfreude.

Niemand dachte mehr daran, dass noch etwas passieren könnte.

Alexander dachte warf noch einen Blick auf das Bild seiner Familie, die er daheim zurück lassen musste.

Als das Boot ankerte setzte sich ein Automatismus in Bewegung. Jeder wusste genau was er zu tun hatte, keiner sprach ein Wort. Sie alle waren zu nervös. Der Professor checkte noch einmal die genaue Lage des Schiffs, und nach seinem zustimmenden Nicken sprangen Ben und Alex ins Wasser. Nach einem kurzen Augenblick der Gewöhnung, und einem gegenseitigen Check der Ausrüstung tauchten sie ab. Es wurde immer dunkler, immer kälter je tiefer sie gingen. Ben und Alex hielten immer Augenkontakt um sofort auf eventuelle Probleme zu reagieren, doch alles ging glatt.

40 Meter, 50 Meter, 60 Meter, stockdunkel und eiskalt. Waren sie richtig? Der Professor meinte, dass das Schiff bei etwa 80 oder 85 Metern

beginnen sollte. Wenn sie denn am richtigen Platz abtauchten.

Als sie bei etwa 75 Metern Tiefe angelangt waren, erkannte Ben im Schein seiner Lampe eine Silhouette von etwas Großem. War es das Schiff? Hatten sie tatsächlich das versunkene Kriegsschiff gefunden, auf dem sich Hitlers Privatvermögen befinden sollte?

Das Herz schlug ihnen bis zum Hals. Ihre Augen funkelten durch die Taucherbrillen hindurch. Sie näherten sich dem unbekannten Objekt. Alex leuchtete darauf. Tatsächlich es war ein Schiff. Sie tauchten darauf zu und erkannten sofort die Herkunft des Schiffes die durch ein Hakenkreuz gekennzeichnet war. Sie hatten das Schiff gefunden. Sie banden eine Boje daran, füllten sie mit ein wenig Luft und ließen den Ballon aufsteigen. Das Zeichen für die Zurückgebliebenen am Boot, dass die Kollegen unter Wasser ihr Objekt der Begierde gefunden hatten.

Alexander war wie versteinert von der Anmut und Majestät dieses von Algen und Muscheln bewachsenen Schiffes. Ben musste ihn richtig fest anstupsen, denn ihre Flaschen waren beinahe schon zur Hälfte leer, und sie mussten ja wieder zurück nach Oben. Sie hatten also die Position gefunden, und konnten beruhigt auftauchen. Oben angekommen erwartete die Gruppe sie bereits voller Spannung. Sie erzählten ausführlich von den Eindrücken die sie in der kurzen Zeit beim Schiff sammeln konnten, während Christian, der Arzt, sie genau untersuchte.

Alles lief bisher planmäßig. Für Nachmittag hatten sie den zweiten Tauchgang angesetzt um nach den Wertgegenständen und dem Bargeld zu suchen. Hier lenkte der Arzt allerdings ein. Ein zweiter Tauchgang dieser Tiefe wäre am gleichen Tag zu gefährlich, da sich einfach zu viel Stickstoff im Blut ansammeln würde. Sie müssten die Flaschen auch schon beim zweiten, und nicht wie geplant beim dritten Tauchgang mit nach unten nehmen.

Am nächsten Tag starteten sie wieder in aller Früh um die Zeit gut zu nutzen.

Ben und Alex machten sich tauchfertig. Robert machte bereits den Kran mit der Box fertig. Sie wollten diese mit den weiteren Luftflaschen füllen und gleich mit nach unten nehmen. An der Box befand sich auch eine Kamera, mit der die Mannschaft das ganze Geschehen unter Wasser mitverfolgen konnte.

Alexander und Ben stürzten sich wieder ins Wasser und starteten nach Unten. Die Box im Schlepptau begaben sie sich wieder zum Nazi-Schiff. Diesmal brauchten sie ja nur mehr der zuvor angebundenen Boje zu folgen um zum Ort des Geschehens zu kommen. Unten angekommen deponierten sie die Metallbox mit den Luftflaschen sorgfältig. Sie hatten sich eine spezielle Halterung bauen lassen an der man zwei große Flaschen befestigen kann. Der Kollege kann außerdem die äußere Flasche tauschen, ohne dass der Andere sein Jacket ausziehen muss. Denn die äußere Flasche speist die Innere immer über ein spezielles

System mit. Mit dieser Vorrichtung hatten sie genug Zeit das Schiff nach dem Vermögen abzusuchen und dementsprechend zu markieren. Sie wollten die Sachen beim nächsten Tauchgang ja auch wieder finden. Auch das stellte kein großes Problem dar, denn die Nazis hatten die Angewohnheit alles genauestens zu dokumentieren und zu beschriften. Und so fand sich schnell die "Schatzkammer" mit ihrem pompösen Inhalt. Truhen voller Silber und Gold. Natürlich etwas bewachsen, aber leicht zu reinigen. Als Ben einen goldenen Kelch herausnahm und mit seinem Handschuh darüber fuhr glänzte dieser augenblicklich wie neu. In der Ecke entdeckten sie noch eine Kiste die aber speziell verschlossen zu sein schien. Konnte es das wasserdicht verpackte Bargeld Hitlers sein?

Sie waren beide so überwältigt von dem Raum in dem sich das ganze Vermögen Hitlers befand, dass sie beinahe die Zeit vergaßen. Nach einem Kontrollblick auf das Manometer wussten sie dass es Zeit ist zurück aufs Boot zu tauchen. Jetzt war es ja nur noch ein kleiner Schritt zum großen Durchbruch.

Oben angekommen warteten die Anderen schon gespannt auf die Ausführungen von Alex und Ben. Haben sie wirklich den versunkenen Nazi-Schatz gefunden?

Der dritte Tauchgang sollte eigentlich nächsten Tag stattfinden, doch Christian verhing ein Tauchverbot für den nächsten Tag da sie einfach zu lange unter Wasser waren. Sie sollten also übermorgen starten, was aber nicht so schlimm war, denn die Box mit den Flaschen war ja schon unter Wasser, und so sparten sie sich einen kompletten Tauchgang.

Der nächste Tag verlief für alle recht unspektakulär. Eigentlich ruhten sie alle und bereiteten sich mental auf den letzten Tauchgang vor. Alexander telefonierte mit seiner Familie und berichtete begeistert von den zwei Tauchgängen, dem großen Schiff und den vielen Schätzen die sich noch im Wasser befinden, und erstaunlich gut erhalten waren.

Einen Tag und eine Nacht später war es soweit. Der große, alles entscheidende Tauchgang steht bevor.

Hätte Alexander am morgen schon gewusst wie dieser Tag ausgehen würde, hätte er sich niemals im Leben auf das Ganze eingelassen...

Der Tag begann eigentlich wie jeder andere vorher auch. Mit dem Check der Ausrüstung, einem kurzen Check durch den Arzt und einer Lagebesprechung für alles was heute auf dem Programm stehen würde.

Der letzte Tauchgang. Sie waren so nah an ihrem Ziel. Würde alles planmäßig funktionieren, wären sie alle zusammen in den nächsten drei Stunden Millionäre. Die Aussicht auf Geld und Ruhm in der Welt der Taucher, der Forscher, der Geschichtsschreiber, alle diese Dinge gingen Alex immer wieder durch den Kopf.

Natürlich war er auch in Gedanken bei seiner Familie. Seiner geliebten Frau, seinen reizenden

Kindern. Sie warteten zu Hause gespannt auf die Neuigkeiten, die der heutige Tag mit sich bringen würde.

Alex und Ben machten sich also fertig zum Abstieg. Alex fühlte sich gut. Er spürte zwar die Nervosität, doch beflügelte ihn diese umso mehr. Vor Aufregung begann er am ganzen Körper zu zittern, das Adrenalin quoll förmlich aus ihm heraus.

Ihr Team-Arzt empfahl Alexander noch ein paar Züge Sauerstoff zu inhalieren, und ruhig zu atmen, und nicht zu aufgeregt zu sein.

Doch Ben war innerlich beunruhigt. Er spürte, dass etwas mit ihm nicht stimmte, wenn er auch nicht ausmachen konnte was es sei. Er ließ sich allerdings nichts anmerken. Tat enthusiastisch wie immer. Aber eines hatte er immer verschwiegen. Nicht einmal seine besten Freunde wussten bescheid. Nachdem er vor vielen, vielen Jahren einen Verkehrsunfall verursacht hatte, bei dem ein kleines Kind ums Leben kam, plagten ihn die schrecklisten Gedanken. Nachts konnte er kaum schlafen, kamen ihm doch immer wieder die Bilder jener verregneten Oktober-Nacht in den Sinn. Eigentlich wollte er nur einen Freund besuchen. Doch aus dem Kaffee-Treffen wurde eine ausgelassene Feier. Niemals hätte er sich hinters Steuer setzen dürfen. Und doch tat er es. Im guten Glauben, dass schon nichts passieren würde. Obwohl er noch so aufmerksam fuhr, wie er glaubte, machte sich der Alkohol bald bemerkbar. Ben schlief ein und überfuhr eine Mutter mit ihrem Kind. Die Mutter überlebte leicht verletzt, doch für das Kind kam jede Hilfe zu spät.

Natürlich wurde er zur Rechenschaft gezogen, musste sogar für eine kurze Zeit ins Gefängnis. Wenn es für den Staat nun auch erledigt war, und er seine Schuld verbüßt hatte, so konnte ihm die Vorwürfe und die Schuldgefühle niemand nehmen. Nacht für Nacht raubten ihm Albträume den Schlaf. Wenn er irgendwo eine Mutter mit Kind sah brach er fast in Tränen aus. Da dies kein Dauerzustand sein konnte, begab er sich in ärztliche Behandlung. Er musste schwere Antidepressiva nehmen, aber so konnte er wenigstens schlafen, und musste nicht immer an das vergangene Grauen denken.

Mit den Medikamenten konnte er ganz gut leben. Allerdings vertragen sich schwere Medikamente nicht mit dem Tauchen. Er spürte, dass etwas nicht in Ordnung war. Die anstrengenden Tauchgänge in Verbindung mit den Medikamenten hatten seinen Körper sehr geschwächt. Er redete sich ein, dass alles sicher nicht so schlimm sei. Er wollte doch seine Freunde nicht im Stich lassen. Der Ruhm, der Reichtum. Leider hatte er dabei seine Gesundheit außer Acht gelassen. Natürlich hätte ihm Christian sofort jeden weiteren Tauchgang verboten, wenn er auch nur die Andeutung gemacht hätte, dass etwas nicht stimmte - so schwieg er. Ein fataler Fehler.

Alex und Ben sprangen ins Wasser und begannen also ihren Abstieg. Alex war voran und Ben dicht hinter ihm. Alexander schaute natürlich immer wieder zu seinem Partner und fragte ihn immer wieder per Handzeichen ob alles in

Ordnung sei. Ben bestätigte. Obwohl es in seinem Körper immer unangenehmer wurde. Er spürte wie eng alles wurde, und konnte kaum mehr klar denken. Als sie das Schiff endlich erreicht hatten, begann Alex von Markierung zu Markierung zu tauchen um alles in die große Box zu verladen. Er bemerkte schnell, dass Ben immer ruhiger wurde und verzögert reagierte. Sehr eindringlich fragte er ihn ob wirklich alles in Ordnung sei - mehrere Male hintereinander. Ben sah die Anspannung bei Alex, doch bemerkte er, dass ihm die Kraft ausging um noch zu antworten. Langsam begann er auf den Meeresboden zu sinken. Alex reagierte sofort, versuchte ihn aufzurütteln, schlug ihm förmlich ins Gesicht. Doch Ben reagierte nicht mehr. Die Anstrengung der letzten Tage in Kombination mit den schweren Medikamenten die er täglich zu sich nehmen musste ließen sein Herz zu schlagen aufhören.

Auch wenn Alexander alles versuchte, bemerkte er doch recht bald dass sein bester Freund nicht mehr atmete.

Wäre er an Land, könnte er ihn wiederbeleben. Doch in 80 Metern Tiefe ist dazu keine Möglichkeit. Alex überlegte kurz einen Notaufstieg, aber diesen würde er wahrscheinlich aus dieser Tiefe selber nicht überleben. Somit kniete er am Boden und hielt seinen toten Freund im Arm. Tränen tropften aus seinen Augen in die Taucherbrille, sein Blick verschwommen.

Die Crew am Schiff beobachtete das Treiben über die kleine Kamera, die an der Box befestigt war voller Entsetzen.

Auch sie begriffen schnell was passiert war. Ben war tot. Ein Schweigen beherrschte die Situation. Niemand war imstande auch nur ein Wort zu sagen. Es schien ihnen ewig wie Alex am Meeresboden kniete - im Arm Ben.

Nach einigen Minuten bewegte sich etwas unter Wasser. Alex legte den leblosen Körper von Ben in die leere Box und verschloss diese. Dann begann er mit dem Aufstieg. Robert betätigte oben den Schalter um den Kran mit der Box daran zu heben. Langsam bewegte sich der Greifarm nach oben. Alex tauchte auf. Leer in Gedanken. Mit Tränen in den Augen erreichte er schließlich das Boot wo die anderen Freunde auf ihn warteten. Als Alexander aus dem Wasser stieg brach er weinend zusammen. Seine Kollegen stützen ihn. Auch in ihren Gesichtern spiegelte sich die Trauer wider. Es flossen viele Tränen, doch niemand vermochte ein Wort zu sagen.

Die restlichen Tage bis zum Heimflug verbrachten die Freunde genauso schweigend.

Alexander konnte es kaum fassen, dass er seinen besten Freund seit der Schule verloren hatte. Er war auch nicht imstande einen klaren Gedanken zu fassen. Wie würde es weitergehen. Wie wird seine Frau reagieren, die von Anbeginn an ein schlechtes Gefühl hatte, was diese Aktion betraf. Am Telefon hatte er ihr natürlich schon bescheid gesagt, was passiert war, doch Maria war so geschockt, dass sie kein Wort herausbekam.

Natürlich wurden auch die spanischen Behörden auf diesen Fall aufmerksam, denn man kann einen Toten ja nicht so einfach verstecken und im Flugzeug mit nach Hause nehmen.

Viele Stunden wurden sie von der Polizei verhört. Die Beamten wollten jedes Detail wissen, um sicherzugehen, dass es sich wirklich um einen Unfall handelte. Da die Crew aber die Videokamera dabei hatte, wurden die Beschuldigungen und Vorwürfe bald fallen gelassen.

Dazu kamen dann noch die bürokratischen Forderungen für die Überführeng des Leichnams in die Heimat, von den Kosten ganz zu schweigen.

Insgesamt dauerte es fast zwei Wochen bis Alex und seine Mannschaft wieder nach Hause fliegen durften.

Seine Frau empfing ihn mit den Kindern am Flughafen. So sehr er sich auch freute seine Familie wieder zu sehen, wirkliche Freude konnte er nicht aufbringen. Tiefe Trauer spiegelte sich in seinem Gesicht wider. Während der Heimfahrt sprachen sie kaum ein Wort miteinander. Alexander war wie betäubt, kaum in der Lage eine einfache Frage zu beantworten.

Durch die Beschäftigung die er in den vergangenen Tagen durch Behörden und Polizei hatte, kam er gar nicht dazu selbst richtig über das Geschehene nachzudenken. Natürlich drehten sich die Gespräche um den Unfall von Ben, und doch, richtig realisiert hatte Alex noch nicht was passiert war.

Nach der Beerdigung von Ben die schon drei Tage nach der Rückkehr stattfand, startete Alex wieder in seine Arbeit.

Dadurch versuchte er sich abzulenken, was ihm auch ganz gut gelang. Der Alltag schien wieder einzukehren, und langsam verarbeitete er das Geschehene. Seine Freunde hatte er seit der Beerdigung nicht mehr gesehen, doch auch sie schienen sich gut von dem Schock zu erholen.

Nach fast einem halben Jahr erhielt Alexander einen Brief der deutschen Regierung:

Lieber Herr Alexander,

zu allererst möchte ich Ihnen mein aufrichtiges Beileid ausdrücken, für all die schrecklichen Dinge, die Sie und Ihre Freunde die letzte Zeit durchmachen mussten. Auch uns hat die Nachricht vom Tod Ihres Begleiters tief erschüttert.

Zugleich möchte ich mich aber bei Ihnen allen auch bedanken, für die Bemühungen um dieses verlorengeglaubte Erbe der Vergangenheit.

Wenn der Nationalsozialismus auch eines der dunkelsten Kapitel unserer Geschichte war, so ist es doch ein wesentlicher Teil unserer Arbeit das Geschehene aufzuarbeiten. Und Sie, Alexander, haben gemeinsam mit Ihrer Crew einen wesentlichen Beitrag dazu geleistet.

Ich darf Ihnen hiermit auch mitteilen, dass wir den versunkenen Schatz gefunden und gehoben haben. Dies wäre ohne Ihre Hilfe niemals möglich gewesen, und deshalb freut es mich besonders, dass ich Ihnen die im Vorhinein versprochene Belohnung auch überreichen darf. Gerne würden wie Sie, zusammen mit Ihren Mitarbeitern und Ihrer Familie am 13. des nächsten Monats zu einem Fest einladen, um Ihre Verdienste um die Bundesrepublik Deutschland entsprechend zu würdigen.

Ich hoffe, dass Sie dieser Einladung nachkommen, und freue mich auf ein persönliches Treffen mit Ihnen.

Abschließend möchte ich Ihnen noch versichern, dass wir uns bereits mit der Familie des verstorbenen Ben in Verbindung gesetzt haben, und Ihnen auch einen Teil der Belohnung als Hilfe übermitteln werden, auch wenn dies nur ein Tropfen auf dem heißen Stein ist.

Ich wünsche Ihnen inzwischen noch alles Gute.

Freundliche Grüße

Gezeichnet

Deutsche Bundesregierung

Ministerium für Kunst und Kultur"

Die Belohnung. Durch die tragischen Geschehnisse, hatte er gar nicht mehr daran gedacht, dass ihnen allen eine Belohnung von jeweils einer Million Euro versprochen wurde.

Die Beste Nachricht seit langem. Natürlich freute sich auch seine Frau Maria über die immense Finanzspritze die Ihnen in Aussicht stand.

Das Geld wurde in den nächsten Tagen überwiesen. Sie konnten Ihr Glück kaum fassen. Eine Million Euro. Zuerst zahlten sie all ihre Schulden ab, das Haus, das Auto. Dann buchten sie einen Luxusurlaub im Süden.

Sie freuten sich so über das Geld, dass sie schon fast vergaßen welches Opfer dafür gebracht werden musste. Das Leben seines besten Freundes. Doch schon bald würde ihn die Vergangenheit einholen...

Trotz allem was Geschehen war verlief sein Leben eigentlich immer noch auf der Glanz-Seite des Lebens.

Thorstens letzte Fahrt...

Es war ein nebliger Wintertag im Norden Deutschlands.

Der Krieg tobte schon eine ganze Weile über Europa; mittlerweile haben sich auch Amerika und die UdSSR eingeschalten, und der Konflikt hat sich zu einem, in dieser Größe noch nie dagewesenen, Krieg entwickelt. Millionen Menschen mussten schon ihr Leben lassen, weil es sich die kranke Psyche eines Mannes so eingebildet hatte.

Jedoch verlor das Deutsche Reich unter Adolf Hitler immer mehr Schlachten. Ein Sieg schien immer unwahrscheinlicher.

An diesem nassen, kalten Wintertag zu Beginn des Jahres 1939 hatte Thorsten gerade im Hafen von Hamburg Dienst.

Eigentlich hätte er zwei Tage später auslaufen sollen um, wie schon so oft, die Grenzen des Deutschen Reiches zu bewachen.

Der Krieg war ihm zwar zuwider, jedoch konnte er sich in seiner Position keine Kritik am Regime leisten. Und auch wenn er sich innerlich niemals als Nationalsozialist betrachtete, hatte er es unter Hitler doch zu etwas gebracht.

Thorsten dachte nie viel über den Krieg nach. Er versah gewissenhaft seine Dienste und befolgte gehorsam alle Befehle.

So auch seinen letzten.

Eigentlich wollte er gerade nach Hause gehen, als er von einem der Schreiber des Hafens aufgehalten wurde. Er hätte ein Telegramm direkt aus Berlin, höchste Geheimhaltungsstufe.

Darin las Thorsten nur, dass er nicht wie geplant in zwei Tagen zur Grenz-Patroullie auslaufen sollte, sondern, dass er mit einem der kleineren Frachtschiffe eine geheime Ladung an einen geheimen Ort bringen sollte. Weitere Informationen würden folgen. Er sollte nur am nächsten Tag um 3:00 morgens bereit sein auszulaufen.

Thorsten verwunderte sich zwar etwas über die ungenauen Angaben, denn das entsprach eigentlich nicht der Art der Nazis. Jedoch dachte er nicht weiter darüber nach, sondern ging nach Hause, um sich genügend Schlaf für den nächsten Tag zu gönnen.

Nächsten morgen, pünktlich um 2:30, stand Thorsten bereit um seine Arbeit zu beginnen.

Er hatte noch immer keine Ahnung was ihn erwarten sollte. Noch nicht einmal mit welchem Schiff genau er auslaufen sollte.

Plötzlich bog ein einzelner Lastwagen in die Hafeneinfahrt. Der Fahrer blieb neben Thorsten stehen und reichte ihm einen versiegelten Umschlag heraus. Thorsten wollte wissen um was es genau ging, jedoch konnte ihm der Fahrer nur sagen, dass er mit der MS-Berlin 1 auslaufen soll. Mehr wisse er auch nicht. Er habe nur die Aufgabe die Ladung auf das Schiff zu bringen.

Der Kapitän öffnete den Umschlag und fand den Befehl, dass er mit der Ladung Kurs auf die Nordsee nehmen, und dort auf weitere Instruktionen warten sollte. Er las weiter, dass es sich dabei um eine persönliche Angelegenheit des Führers handelte, höchste Geheimhaltung herrsche, und das Schiff nicht registriert werden dürfe.

Mit einem unguten Gefühl nahm Thorsten den Befehl an und begab sich zum Schiff. Dort wurde die kleine Fracht, die nur aus einigen wenigen Kisten bestand aufgeladen. Die Mannschaft bestand aus sieben Soldaten, von denen aber niemand wusste um was es dabei ging.

Thorsten startete die Turbinen und nahm im Schutz der Dunkelheit Kurs in Richtung Nordsee.

Es dauerte immer tagelang bis er wieder ein neues Ziel genannt bekam, und so fuhren sie wochenlang nur im Kreis. Dazwischen lagen sie immer mehrere Tage vor Anker und warteten.

Eines Tages erhielt Thorsten den Befehl Kurs Richtung Süden zu nehmen, und über Gibraltar weiter vor die Küste Teneriffas zu fahren. Dort würden wieder neue Anweisungen erfolgen.

Während der langen Tage am Schiff hatte Thorsten immer wieder wissen wollen was der eigentliche Grund für seinen Befehl war. Er dachte nach, was wohl in den Kisten sein könnte, jedoch war es ihm verboten nachzusehen.

Ihr Ziel, einige Seemeilen vor der Küste Teneriffas hatten sie schon lange erreicht. Inzwischen waren sie mehrere Monate unterwegs, ohne zu wissen wohin.

Es vergingen zwar meistens einige Tage bis er ein neues Ziel erhielt, diesmal jedoch war etwas anders. Wochenlang hatte er Nichts mehr gehört. Keine Befehle erhalten.

Thorsten und seine Männer hatten keine Ahnung, dass der Krieg bereits zu Ende, und Hitler tot war.

Und auch wenn er es vermutete, die Gewissheit würde er nie haben.

Er wurde sich immer sicherer, dass er keine weiteren Befehle mehr erhalten würde. Aber er wollte zumindest wissen, was ihn auf das Meer hinaus, und weg von seiner Heimat getrieben hatte.

Er nahm seinen Schlüssel und begab sich in die Kajüte, in der die Kisten gelagert waren. Bis jetzt war er nie in diesem Raum gewesen, denn er hatte auch keinen Grund dazu.

Aber jetzt wollte er es wissen.

Er betrat den Raum und ging auf die Kisten zu. Die Schlösser stellten kein großes Hindernis dar, und waren schnell aufgebrochen.

Als Thorsten den Inhalt der Fracht sah, konnte er es kaum fassen, was sich seinem Angesicht bot. Bargeld, wasserdicht verpackt, in Millionenhöhe. Private Dokumente Adolf Hitlers und einige persönliche Gegenstände des Führers, sowie Gold und Silber.

Warum wollte Hitler so viel Geld und Besitz außer Landes schaffen?

Thorsten würde die Antwort nie erfahren. Er wusste nicht einmal was er mit seiner neu gewonnen Erkenntnis anfangen sollte.

Geistesgegenwärtig begann er die Kisten zu beschriften. Er wusste, dass ihn niemand dabei stören würde, denn es war dunkelste Nacht und seine Männer schliefen bereits.

Gerade als er den letzten Strich tat, wurde er von lautem Donner und einem Erbeben des Schiffes aufgeschreckt.

Alarmsirenen ertönten. Thorsten kamen die Erinnerungen an den Ersten Weltkrieg wieder in den Sinn, als er auf einem Schiff war, das von feindlichen Truppen angeschossen wurde.

Er eilte zur Brücke, wo sich bereits seine Mannschaft eingefunden hatte.

Niemand wusste genau was geschehen war.

Der Frachter bekam schwere Schlagseite. Offensichtlich lief der Schiffsbauch mit Wasser voll.

Wie konnte das geschehen?

Wurden sie entdeckt, und angeschossen?

Das konnte kaum sein, denn niemand wusste von dem Schiff.

"Kapitän, wir sind auf ein Riff aufgelaufen! Wahrscheinlich hat uns die Strömung unbemerkt dagegen gedrückt!"

Ein Sinken des Schiffes war unausweichlich. Das wussten sowohl Thorsten als auch seine Männer.

Erwartungsvoll blickten sie ihren Kapitän an, der jedoch nichts mehr tun konnte. Ein gesendetes SOS Signal ging nur ins Leere. Niemand konnte es empfangen, da auch Niemand wusste, dass das Schiff überhaupt existierte.

Unter den Männern herrschte Aufregung, Keiner wusste was sie tun sollten. Kapitän Thorsten jedoch blickte nur ins Leere und ließ sein Leben revue passieren. Sein Entschluss stand fest.

So ging er, mit einem der Schiffe, die er so geliebt hatte, und die sein Leben erst lebenswert machten, unter. Gleich lautlos und unbemerkt wie sie Monate zuvor ausgelaufen waren.

Alexanders Absturz...

Die Tage, Wochen, Monate vergingen. Das letzte Treffen mit seinen Freunden hatte er vor über einem halben Jahr, bei dem Galadinner, bei dem er und seine Freunde geehrt wurden.

Es schien fast so als ob Alex das Geschehene verarbeitet, ja schon fast vergessen hatte. Kaum noch dachte er an seinen Freund, die Expedition und die damit verbundenen Gefahren, oder an den Moment wie er seinen Freund Ben sterben sah.

Alex und seine Frau lebten ein Leben in Luxus. Sie konnten sich Alles leisten was sie wollten, machten teure Urlaube mit den Kindern und verkauften sogar ihr altes Haus um in ein nobleres Viertel am Rand der Stadt zu ziehen.

Er arbeitete nur noch zur Freizeitbeschäftigung, nicht weil er Geld verdienen musste.

Alex und seine Familie schienen ein glückliches Leben zu führen.

Eines Tages, Maria und die beiden Kinder waren zu ihren Eltern gereist, klingelte es an der Haustüre. Alexander war gerade dabei sich für die Arbeit fertig zu machen als er öffnete.

Ein Stich durchfuhr ihn. Ben's Witwe stand vor der Türe, der Blick starr und leer, das Gesicht bleich und eingefallen. Die letzten Monate ließen ihr Gesicht um viele Jahre altern. Alex erschrak. Er hatte sie kaum erkannt, die Frau seines besten Freundes, die er auch schon seit seiner Jugend kannte. Jetzt zierten tiefe Furchen ihr trauriges Gesicht.

Alex brachte kein Wort heraus. Er bemerkte wie sich seine Kehle zuschnürte und ihm die Tränen in die Augen stiegen. Er wollte sein Gegenüber hereinbitten, doch er schaffte es nicht die Worte hervorzubringen.

Ben's Frau durchbrach das Schweigen, sie meinte, dass sie nicht gekommen sei um ihm irgendwelche Vorwürfe zu machen. Sie wollte nur sehen wie es ihm, seiner Frau und ihren beiden Kindern ginge. Doch musste sie eigentlich nicht fragen, denn die Umgebung sprach Bände. Ein großes, luxuriöses Haus, ein dickes Auto in der Garage, Kinder die von Bildern herunterlachen; niemand käme auf die Idee dass hier Jemand trauern würde.

Alex bat sie schließlich herein, stellte die Kaffeemaschine an und gab im Büro Bescheid, dass er heute nicht kommen würde.

Als sie sich hinsetzten brachte er nicht mehr heraus als das obligatorische "Wie geht es dir?". Eine Frage die er sich auch hätte sparen können, denn ihr Ausdruck verriet wie schlecht es ihr wirklich ging, wenn auch das standartmäßige "Gut!" als Antwort zurückkam.

Ein beinahe schon peinliches Schweigen hüllte sich um die Beiden, und Ben's Witwe begann einen oberflächlichen Smalltalk.

Wie geht es den Kindern?

Wie geht es deiner Frau?

Was macht die Arbeit?

Offensichtlich wusste sie selbst nicht genau warum sie gekommen war. Sie verspürte das Bedürfnis Alexander zu sehen, konnte dies aber nicht genau begründen.

So unterhielten sie sich eine ganze Zeit lang über Dieses und Jenes, der Tod von Ben wurde aber totgeschwiegen. Genau wie bei allen anderen Gesprächen die Alex in den letzten Monaten geführt hatte.

Als Alexander auf die Uhr blickte war es bereits später Nachmittag. Ben's Frau war schon vor Stunden gegangen und er saß alleine in der Küche, während die Zeit ihm davonzulaufen schien.

All die Geschehnisse, seine damaligen Empfindungen und die ganze Trauer kamen in ihm wieder auf. Er begann bitterlich zu weinen. Er suchte Trost, doch seine Frau war bei ihren Eltern, und dort wollte er sie nicht belästigen.

Als der die Kontaktliste seines Handys durchblätterte um einen Freund anzurufen ereilte ihn die traurige Erkenntnis, dass er gar keine richtigen Freunde mehr hatte.

Schon ein paar Bekannte, aber die meisten von ihnen wussten nicht einmal was in der Vergangenheit geschehen war.

Er wischte eine Träne vom bereits dunklen Display seines Telefons und legte es beiseite.

Einsam, nachdenklich und traurig streifte er durch das stille, dunkle Haus.

Im Wohnzimmer öffnete er die Minibar, nahm eine Flasche Schnaps und trank einen großen Zug des gebrannten Korns daraus.

Seine Trauer und seine Gedanken schienen sich zu lösen, seine Gefühle wurden wie betäubt.

Als er nächsten Morgen mitten im Wohnzimmer aufwachte, durchfuhr ihn ein grausamer Schmerz. Massive Übelkeit schien die Oberhand über seinen Körper zu gewinnen und in letzter Sekunde schaffte er es noch auf die Toilette.

Nachdem er sich erleichtert hatte, torkelte er wie benommen in die Küche. Sein Rachen brannte, er konnte kaum seinen trockenen Mund öffnen. Über einen Liter Wasser trank er fast in einem Zug um die Dehydrierung die der Alkohol verursachte wieder auszugleichen.

Doch der gereizte Magen vertrug das viele Wasser nicht und so landete er wieder im Badezimmer.

Erneut blieb er zu Hause, denn in seinem Zustand konnte er unmöglich Kunden betreuen.

Alex nahm eine entspannende Dusche um den Kater zu besiegen. Schließlich jedoch halfen nur mehr drei Schmerztabletten um ihn von den pochenden Kopfschmerzen zu befreien.

Benebelt vom Restalkohol und den Tabletten schlief er ein.

Als er aufwachte, hatte er jedes Zeitgefühl verloren.

Ein Blick auf die Uhr verriet ihm, dass es schon Abend geworden war; offensichtlich hatte er den ganzen Tag verschlafen.

Sogar seine Frau hatte sich schon Sorgen gemacht, denn sie hatte mehrere Male angerufen. Alex erklärte ihr, dass er sich heute nicht gut gefühlt hatte und den Tag daher zu Hause im Bett verbrachte. Maria war beruhigt. Eigentlich hat sie ihn nur angerufen, um ihm mitzuteilen, dass sie noch ein paar Tage bei ihren Eltern bleiben wollte, da sie sich ja auch nicht so oft sahen. Zu der Zeit konnte sie nicht ahnen was sich zu Hause abspielte - ein Ritual dass sich noch einige Male wiederholen sollte.

Nachdem Alexander mit seiner Frau gesprochen hatte, merkte er dass sich sein Magen regte. Er hatte Hunger.

Während er eine Kleinigkeit aß, dachte er über den gestrigen Abend nach. Es war noch nie seine Art gewesen sich so dermaßen zu betrinken, dass er es nicht einmal mehr in sein Bett schaffte.

Er schob das jedoch auf die Trauer und seine Unvernunft und dachte nicht weiter darüber nach.

Der Fernseher bot nichts wirklich Vernünftiges und so zappte er durch das Hauptabendprogramm.

Langsam spürte er die Trauer und Verzweiflung wieder in ihm aufsteigen. Ihm fiel ein, dass ihm der Schnaps half diese Trauer und den Schmerz nicht mehr zu spüren. Wie ferngesteuert ging er auf die Minibar zu und holte noch eine weitere Flasche Schnaps hervor. Ohne über die Folgen nachzudenken leerte er sie in nur kurzer Zeit.

Wie bewusstlos schlief er ein.

Der nächste Morgen schien wie eine Kopie des vorigen zu sein. Massiver Kopfschmerz, eine brennende Kehle und mehrmaliges Erbrechen.

Er blieb wieder zu Hause und schlief mit Hilfe der Schmerztabletten bis zum Abend durch.

Ein Klingeln weckte ihn aus seinem traumlosen Schlaf. Jemand war an der Türe. Am Ende seiner Kräfte schleppte er sich zum Eingang um seinem Besucher zu öffnen. Ein Arbeitskollege stand davor; er hatte mitbekommen, dass Alex seit drei Tagen nicht mehr in der Arbeit war und hatte sich Sorgen gemacht. Alex meinte dass es ihm schon besser ging und wimmelte den unangemeldeten Gast wieder ab.

Alexander begann nachzudenken was er eigentlich die letzten Abende gemacht hatte. Er hatte sich fast ins Koma getrunken, nur um seiner Trauer aus dem Weg zu gehen. So beschloss er in einem Anflug von Vernunft eine ganze Zeit lang komplett auf Alkohol zu verzichten.

Dieser Vorsatz schien jedoch nur kurz in seinen Gedanken zu bleiben, denn nur drei Tage später fand er sich mit dem Kopf in der Toilette wider.

Seine exzessiven Trinkereien dauerten zirka eine Woche an, danach beruhigte sich das Ganze wieder - zumidenst nach Außen. Wenn nämlich seine Frau oder Freunde seinen Zustand mitbekommen hätten, hätten sie ihm sicher geholfen.

So bekam aber Niemand mit was sich im Inneren vom Alexander eigentlich abpielte. Denn als seine geliebte Frau wieder von ihren Eltern zurückkam, hatte Alex das Chaos, das er die letzten Tage angerichtet hat wieder beseitigt. Er hat die leeren Schnapsflaschen ersetzt und auch sonst wieder Ordnung geschaffen.

Natürlich wusste er, dass wenn seine Frau erfahren würde, was die letzten Tage passiert war, es einen fürchterlichen Streit geben würde; denn Maria reagierte schon fast allergisch auf Trinker, da ihr Vater selber eine ganze Zeit lang dem Alkohol verfallen war - eine der schwersten Zeiten in Marias Leben.

Jetzt jedoch bemerkte sie nichts von den Exzessen die ihr Mann die letzten Nächte vollbracht hat.

Alexander schaffte es auch eine zeitlang ganz gut dem Alkohol aus dem Weg zu gehen, es war zwar nicht einfach aber irgendwie gelang es ihm.

Leider bemerkten weder er selber, noch seine Frau, dass er längst ein Sklave der Flasche war, denn jeden Abend leerten sie zusammen mindestens eine Flasche Wein, wobei Maria nur ein oder zwei Gläser trank.

Aus einer Flasche wurden nach kurzer Zeit schon zwei Flaschen Wein die Alexander über den Tag verteilt trank.

Eines Tages, war die Verzweiflung, die Trauer und die Selbstvorwürfe wieder so stark, dass er weder an seine Frau, noch an seine Kinder dachte und so trank er sich, so wie schon Wochen zuvor, wieder fast ins Koma.

Diesmal wurder er allerdings nicht von seinen Kopfschmerzen sondern von seinen Kindern geweckt.

Verstört und schon fast verängstigt fragten sie ihre Mutter, was denn mit Papa los sei, ob er krank sei oder sich weh getan hätte.

Seine kleine Tocher glaubte sogar dass Papi tot war.

Ihr Vater jedoch bekam von den Ängsten seiner Kinder nichts mit, da er nach wie vor wie bewusstlos im Wohnzimmer auf dem Fußboden lag.

Geistesgegenwärtig brachte Maria ihre zwei Kinder zu den Nachbarn, damit sie das Dilemma nicht mit ansehen müssten, denn sie wusste ja was es bei Kindern anrichten kann einen Elternteil so zu sehen.

Alex kam erst nach einigen Stunden zu sich, und nachdem er sich übergeben hatte, was ihn mittlerweile nicht einmal mehr störte, torkelte er durch das Haus und fand seine Frau in der Küche sitzen.

Offensichtlich hatte sie geweint.

Alexander ignorierte sie völlig, und damit auch was er bei ihr anrichtete.

Er wusste ja auch über ihre Kindheit, ihren alkoholabhängigen Vater bescheid, und wie knapp er nur dem Tod entkommen ist.

Wortlos verließ Maria die Küche und ging ins Schlafzimmer; sie packte ein paar Sachen für sich und die Kinder ein und machte sich fertig das Haus und Alexander zu verlassen.

Bis dahin hatte er immer noch nicht begriffen was er eigentlich getan hatte und welche Probleme er sich selbst aufgehalst hatte.

Doch als er seine geliebte Frau bei der Türe stehen sah, überwältigte ihn die Erkenntnis. Er dachte kurz nach und Wut stieg in ihm auf. Zwar auf sich selber, jedoch konnte er seine Gefühle nicht deuten, und so projezierte er sie auf die erste Person die ihm unterkam, und das war in diesem Fall seine Frau.

Als Maria wieder zu sich kam, saß sie bereits im Auto, sie versuchte zu rekonstruieren was geschehen war, doch nur der Schmerz an ihrer Wange ließ sie erahnen was passiert war. Sie beschaute sich im Spiegel und erkannte auf ihrer geröteten Wange einen Handabruck, den Handabruck des Mannes den sie eigentlich liebte, und den sie geheiratet hatte.

Ohne über ein Ziel nachzudenken fuhr sie einfach los, sie wollte nur mehr weg von dem Scheusal das sie geschlagen hatte. Langsam schaffte sie es sich zu fassen, und steuerte als Ziel ihr Elternhaus an. Marias Mutter sah gerade aus dem Fenster als sie ihre Tochter weinend vorfahren sah. Sie wusste sofort was geschehen war - eine Mutter spürt so etwas.

Maria erzählte ihren Eltern was die letzten Wochen vor sich gegangen war. Sie blickte hilfesuchend zu ihrem Vater auf, der sich jedoch vor Scham abwandte, da er genau das selbe getan hatte; wenn er es jetzt auch zu tiefst bereute.

Sie wisse nicht was sie jetzt sagen sollte, meinte Ihre Mutter, doch im Moment war es nicht das Wichtigste, dass Jemand die richtigen Worte findet, sondern dass Jemand für Maria da war, Jemand der ihr einfach nur zuhörte.

Mutter und Tocheter unterhielten sich noch fast die ganze Nacht über alles Mögliche, die Bedenken die sie zu Beginn ihrer Ehe hatten, und auch wie sehr sie Alexander in der Zwischenzeit schätzten. Über den tragischen Unfall bei dem Alexanders bester Freund starb und die Auswirkungen die das alles jetzt auf Alex hatte; er war zu einem Alkoholiker geworden der sich nicht mehr um seine Kinder kümmerte und sogar seine Frau schlug.

Maria wurde während des Gesprächs immer mehr bewusst, dass sie unter solchen Umständen nicht mehr zu ihrem Mann zurückkehren konnte.

Sie schrieb ihrem Mann einen Brief in dem sie ihm ein Ultimatum stellte; Maria gab ihm ein Monat Zeit alles in Ordnung zu bringen, das Haus sauber zu machen und sich professionelle Hilfe zu suchen. Sollte er das nicht tun so würde sie sich von ihm scheiden lassen.

Maria kümmerte sich auch inzwischen darum, die Kinder nach zu holen und versuchte ihnen die Situation zu erklären. "Ihre Eltern können momentan nicht zusammen wohnen", erklärte sie, "weil Papa krank ist und viel Ruhe braucht um sich zu erholen. Aber bald werden sie ihn wieder sehen können." zumindest hoffte Maria das, denn sie liebte ihren Mann nach wie vor.

Als Alexander den Brief seiner Frau las, tangierte ihn das nur beiläufig, eher ärgerte es ihn, dass ihm seine Frau vorschrieb was er zu tun hatte. Er war wieder betrunken. Seit Maria mit den Kinden ausgezogen war, kannte er keine Grenzen mehr, er hatte Nichts im Leben was ihn vom Alkohol ablenken könnte, und so trank er sich Tag für Tag fast ins Koma.

Geld hatte er ja genug durch seinen Fund bekommen, und so brauchte er auch nicht zu arbeiten.

Nachdem Maria das ganze Monat nichts von ihrem noch Ehemann gehört hatte, ahnend dass sich nichts geändert hatte, gab sie sich einen Ruck und fuhr zu ihrem einstigen Heim.

Als sie die Tür aufschloss, und das herrschende Chaos sah, verdichteten sich ihre Bedenken. Langsam ging sie in Richtung Wohnzimmer, und als sie ihren Ehemann wieder volltrunken auf dem Boden lagen sah, lief sie weinend aus dem Haus.

Ein Brief eines Scheidungsanwaltes, den Alexander gut eine Woche später erhielt, bewies dass Maria ihre Drohung wahr gemacht hatte. Sie würde sich von ihrem Mann scheiden lassen. Sie verzichtete sogar auf den ihr zustedenden Teil des Vermögens. Nur mehr weg, das war alles was sie wollte. Die einzige Bedingung die sie stellte, war dass ihre Kinder den Unterhalt bekommen, damit sie vorsorgt blieben.

Zum Scheidungstermin erschien Alex wieder betrunken. Wortlos unterzeichnete er die Bedingungen die seine Frau stellte, und gut 15 Minuten später waren Alexander und Maria geschiedene Leute.

Maria nahm die Scheidung zwar sehr mit, jedoch konnte sie sich mit der Hilfe ihrer Eltern relativ schnell ein neues Leben aufbauen. Sie nahm eine Halbtagsstelle als Putzkraft an und blieb im Haus ihrer Eltern gemeinsam mit ihren Kindern wohnen.

Zu Beginn hatten die Kinde oft gefragt, warum sie und Papa nicht mehr zusammen waren, da Alexander es aber nicht einmal schaffte seine Kinder alle zwei Wochen zu besuchen, begannen sie die Vergangenheit langsam zu vergessen.

Und nach einiger Zeit dachten die zwei Kinder so gut wie gar nicht mehr an ihren Papa, den sie einst so lieb hatten. Schnell hatten sie sich an die neue Situation gewöhnt, bei ihren Großeltern zu wohnen.

Maria konnte die Scheidung nicht so einfach vegessen, wenn sie sich auch vor ihren Kindern Nichts anmerken ließ.

Oft dachte sie an die schöne Zeit, die sie mit ihrem Mann verbracht hatte. Insgeheim hoffte sie immer noch auf einen guten Ausgang, wenn diese Hoffnung auch mit jedem Tag weniger wurde. Die Zeit veging.

Alexander war inzwischen komplett verkommen, zwar hatte er noch ein Dach über dem Kopf, jedoch war dies auch schon der einzige Unteschied zu einem Obdachlosen.

Seine Familie hatte er komplett verdrängt. Sein einziger Lebensinhalt bestand nur mehr im Konsum von Alkohol.

Niemals hatte er daran gedacht, dass auch sein Geld einmal ausgehen könnte, und so molk er weiterhin sein Vermögen, um es für Schnaps auf den Kopf zu stellen.

Dies ging auch eine ganze Zeit lang gut, jedoch kam der unausweichliche Moment dann doch irgendwann. Er bekam kein Geld mehr von der Bank.

Sein Ansuchen auf einen Kredit wurde ihm verwährt, da er eigentlich schon seit Jahren kein fixes Einkommen mehr hatte. Er lebte immer von der Belohnung die er für den Fund des alten Nazi-Vermögens erhalten hatte.

Jetz war sein ganzes Geld vebraucht.

Er hatte nicht einmal mehr genug um sich einen Bissen zu essen zu kaufen, geschweige denn etwas von dem Alkohol, dem er so verfallen war.

Als er dann eines morgens aufwachte, war das erste war er tat, gleich wie jeden Morgen, der Griff zur Flasche, jedoch war diese leer.

Also machte er sicht auf die Suche nach Nachschub, jedoch waren alle seine Flaschen leer, alle ausgetrunken, und Geld für neue hatte er keines mehr.

Wut stieg in ihm auf. Sein Körper verlangte Alkohol, und Alex konnte diesem Verlangen nicht nachkommen. In einem Anfall begann er das ganze Mobiliar kurz und klein zu schlagen. Alles was ihm irgendwie im Weg stand wurde Opfer seiner Fäuste.

Als er gerade in die Glasfront der Wohnzimmervitrine schlagen wollte, stach ihm etwas in die Augen was er schon seit Jahren nicht mehr bemerkt hatte, oder nicht mehr bemerken wollte.

Er hielt kurz inne und blickte auf das Bild von ihm, seiner Frau und ihren beiden gemeinsamen Kindern.

Seine Wut wich langsam, und er nahm das Foto aus der Vitrine.

Erst jetzt begann er zu begreifen was er angerichtet hatte. Alles hatter er verloren, seine Kinder und seine Frau sicher schon seit drei Jahren nicht mehr gesehen. 1000 Gedanken schossen ihm durch den Kopf, doch konnte er sie nicht ordnen. Weinend brach er zusammen.

Als er wieder zu sich kam, hatte er nur noch den Gedanken im Sinn was er alles zerstört hatte. Er hatte sein schönes Leben weggeworfen, seine Familie durch sein Tun verjagt, und seine Gesundheit massiv gefärdet. An das verlorene Vemögen dachte er nicht einmal mehr.

Den einzigen Ausweg sah er nur mehr darin seinem Leben ein Ende zu setzen, als Strafe für all das Leid, dass er in seinem Leben angerichtet hatte.

Mit dem Bild der Zerstörung im Kopf, machte er sich auf den Weg zum Bahnhof. Einfach vor einen Zug zu springen wär ein schneller und sicherer Tod.

Mitten auf den Gleisen stehend wartete er auf einen einfahrenden Zug.

Er hörte ein Geräusch, das klassische Summen der Schienen wenn ein Zug in Anfahrt ist. Gleich wär es soweit.

Der Zug kam um die Kurve, der Lokführer hatte ihn in der Dämmerung sicher noch nicht gesehen.

Er sah die Lichter auf sich zurasen, wollte stehenbleiben, seinem Leben ein Ende setzen, doch er konnte es nicht.

Mit einem Satz zur Seite entschied er sich zum weiterleben.

Eine ganze Zeit lang blieb er noch in der Böschung sitzen und dachte über sein vepfuschtes Leben nach.

Als Alexander bemerkte, dass es schon stockdunkel war, machte er sich wieder auf denn Weg nach Hause.

Die Sucht nach dem Alkohol und die Entzugserscheinungnen ließen ihn aber keine Sekunde schlafen.

Am morgen fasste er den Entschluss zu einem Neustart. Er duschte und rasierte sich, packte ein paar Sachen zusammen und rief sich ein Taxi welches ihn in die nächstgelegene Psychiatrie brachte.

Er wies sich selber ein und begann einen Entzug und eine Bewältigungstherapie zu machen.

Das nächste halbe Jahr war sehr schwirig für Alex, jedoch schaffte er langsam den Weg zurück in ein normales Leben.

Er suchte sich einen vernünftigen Job und verkaufte das große Haus. Auch versuchte er immer wieder Kontakt zu seiner Exfrau herzustellen, jedoch vergeblich, ihre alte Telefonnummer existierte nicht mehr.

Er hoffte nur, dass es ihr und den Kinden gut erging.

Als er eines Nachmittags in einem Kaffee direkt in der Fußgängerzone der Nachbarstadt saß, bemerkte er eine Familie, einen Mann, eine Frau und zwei Kinder. Offensichtlich hatte Maria wieder geheiratet. Und auch wenn er traurig darüber war, dass er seine Familie verloren hatte, so sah der die glücklichen Gesichter seiner Frau und seiner Kinder, und wusste, dass es ihnen gut erging.

Wortlos bezahlte er seinen Kaffee und fuhr nach Hause.

Die Verbindung zweier Welten...

Da sitzt er nun. Max. Er kann kaum glauben was er gerade gelesen hat. Die Post brachte ihm einen Brief, dessen Inhalt sein ganzes Leben verändern könnte. Alles was er bis jetzt war, müsste er jetzt neu überdenken.

Immer und immer wieder liest er sich die vor ihm liegenden Dokumente durch. Doch sie scheinen wahr zu sein. Völlig schlüssig und logisch.

Gerade wird er mit etwas konfrontiert, was er schon vor langer Zeit vergessen hatte.

Seinem Vater.

Nicht dem Mann, bei dem er aufgewachsen war, sondern sein richtiger Vater.

Niemals hatte er geglaubt, dass seine Nachforschungen Ergebnisse bringen würden, doch jetzt hatte er sie in der Hand.

Seine Mutter, die inzwischen in einem Altersheim ganz in der Nähe wohnt, hatte es immer vermieden, von seinem Vater zu sprechen.

Max hatte sich auch schnell an den anderen Mann an der Seite seiner Mutter gewöhnt, denn als seine Eltern sich scheiden ließen war er noch ein kleiner Junge. Fünfzig Jahre lang hatte er nicht mehr an seinen Vater gedacht. Es eigentlich vergessen, dass er noch einen anderen Vater hatte.

Bis ihm ein Bild in die Hände fiel, dass ihn und seinen Vater beim Reifenwechseln irgendwann im Jahr 2015 zeigte. Damals war er knapp vier Jahre alt.

Er wollte seine kranke Mutter nicht unnötig belasten, und so tat er sich mit seiner Schwester zusammen und zeigte ihr das Bild.

Die Beiden beschlossen ihren Vater ausfindig zu machen. Sie wollten Ihrer Herkunft genauer auf den Grund gehen.

Sie waren zwar beide im Leben glücklich, wuchsen in einem guten Umfeld auf, und konnten sich nicht beschweren, doch hatten sie beide das Gefühl, dass ihnen etwas im Leben fehlte.

Möglicherweise war es die Vergangenheit.

Sie schrieben an verschiedene Ämter, Gemeinden und Kirchen um Anhaltspunkte über ihren Vater und seine Vorfahren herauszufinden.

Sie konnten sich nämlich auch nicht erinnern, dass sie noch Großeltern väterlicherseits hatten.

Vielleicht würden sie ja da auch noch Hinweise finden.

Lange hatten sie nichts gehört, niemand wusste etwas über ihren Vater oder seine Vorfahren.

Sie hatten die Hoffnung schon aufgegeben. Bis Max heute den Brief mit den brisanten Dokumenten erhielt.

Er muss sofort seine Schwester anrufen. Sie muss auch von dem Inhalt erfahren.

Knapp zwanzig Minuten später steht sie vor der Türe, gespannt was die Neuigkeiten sind, die ihr Bruder ihr zu berichten hat.

Anna setzt sich ihre Lesebrille auf und beginnt die Dokumente durchzublättern.

Auch sie muss Zeilen, ja sogar ganze Seiten mehrmals lesen um den Inhalt zu begreifen.

Auch sie hatte von ihrem Vater wenig Erinnerungen. Sie wusste nur mehr, dass er einen Tauchgang machte, und sich ihre Eltern einige Zeit später scheiden ließen.

Aber durch die Geborgenheit ihres neuen Zuhauses hatte auch Anna nie das Bedürfnis, mehr über ihren Vater herauszufinden.

Doch als Max ihr vor einiger Zeit das Bild von ihm und ihrem Vater zeigte, wurde wieder etwas in ihr Wach, was sie schon längst verloren glaubte.

Jetzt hat sie es wiedergefunden.

Ihr beider Vater, Alexander Mayer, ist bereits vor einigen Jahren verstorben. Er lebte zirka fünfhundert Kilometer entfernt. Er hatte tatsächlich das Privatvermögen von Adolf Hitler bei einem Tauchgang gefunden, bei dem aber sein Freund ums Leben kam. Danach stürzte er in den

Alkoholismus ab, und ihre Mutter ließ sich kurze Zeit darauf scheiden.

Der Vater von Alexander Mayer, Eduard Mayer war in einem Metallwerk tätig, wo er bei einem Arbeitsunfall mit nur Vierzig Jahren verstarb als Alexander erst ein paar Monate als war. Eduards Mutter war Cäcilia Mayer, verstorben 1975; sein Vater war Thorsten Müller, SS-Marine-Offizier, offiziell verstorben 1945, Ort: unbekannt.

Die Geschwister können kaum glauben was sie lesen.

Sie beschließen ihre Mutter aufzusuchen, und ihr die neuen Erkenntnisse mitzuteilen.

Die alte Dame wirkt gefasst, als sie von den Belegen der Vergangenheit erfährt.

Natürlich hatte sie es immer gewusst, doch nie erzählt. Jetzt bricht sie ihr Schweigen, beginnt alles von Großvater Thorsten und ihrem Mann Alexander zu erzählen.

Und ihr Sohn Max schreibt alles genauestens auf.